剪一片月色藏入江底

袁瑞珍 著

天津出版传媒集团
百花文艺出版社

图书在版编目（CIP）数据

剪一片月色藏入江底 / 袁瑞珍著 . -- 天津：百花文艺出版社，2022.1
ISBN 978-7-5306-8226-5

Ⅰ. ①剪… Ⅱ. ①袁… Ⅲ. ①散文集—中国—当代 Ⅳ. ① I267

中国版本图书馆 CIP 数据核字（2021）第 273554 号

剪一片月色藏入江底
JIAN YI PIAN YUESE CANGRU JIANGDI
袁瑞珍　著

出 版 人： 薛印胜
特约策划： 凌　翔
责任编辑： 邱钦雨
出版发行： 百花文艺出版社
地址： 天津市和平区西康路 35 号　　邮编：300051
电话传真： +86-22-23332651（发行部）
+86-22-23332656（总编室）
+86-22-23332478（邮购部）
网址： http://www.baihuawenyi.com
印刷： 三河市金元印装有限公司
开本： 710 毫米 ×1000 毫米　1/16
字数： 200 千字
印张： 13
版次： 2022 年 1 月第 1 版
印次： 2022 年 1 月第 1 次印刷
定价： 58.00 元

如有印装质量问题，请与三河市金元印装有限公司联系调换
地址：河北省廊坊市三河市杨庄镇杨庄村金元印装有限公司
电话：（0316）3650243　邮编：065200

目　录

第一辑　穿越生命

第二辑　真情流淌

第三辑　永恒记忆

第四辑　情景交融

第一辑　穿越生命

穿越生命

一

宛如一个炸雷在头顶炸响，我一下蒙了，不知身在何方，也不知手里拿着的那张纸是什么东西，只是下意识地用双手去搂着我的外孙女，紧紧地搂着，生怕她像风一样呼地就没了。

这个情景发生在某年 3 月末的一个下午。那是一个春天的下午，空气中充溢着花的芳香，风暖暖的，吹着我的脸，吹着女儿紫影的脸，也吹着外孙女璐璐的脸，可我和女儿的脸却苍白着，如同小外孙女那张没有一点血色的脸一样。我抬眼看了看那面粉白色的墙。

四周嘈杂的声音此起彼伏。突然一阵孩子尖厉的哭声响起，哭声撞在那面墙上又反弹过来，灌入我的耳膜后钻入心底，心便像被撕裂般疼痛不已。这疼痛却让我清醒了。原来此刻我正站在某著名医院二楼的血液免疫诊断室里，一个三十来岁，留着平头，戴一副黑框眼镜的男医生面无表情地对我和女儿说："这小女孩儿的血常规不正常，血小板只有 17×10^9 个每升，正常人应在 100×10^9 至 300×10^9 个每升之间，太低了，随时有出血不止的情况发生，而且有两项不该出现的指标出现了，恐怕是血液出现病变，必须马上到急诊观察室，做进一步诊断。"我和女儿刹那间似从云端跌入谷底，目瞪口呆，一种不祥的预感袭来，"莫非是白血病？我的外孙女得了白血病？"女儿跌坐在椅子上，早已哭成个泪人。我的嘴唇颤抖着，想对女儿说什么，却吐不出一个字，整个人如掉入冰窟，冰凉冰凉的，从头到脚。这种感觉有点像那晚做的一个梦，在冰天雪地中，我跌倒了，四周没有一个人影，只是一片白，我努力地想站起来，脚却不听使唤，我和雪地融在了一起，变成了一个雪人，身上覆盖着厚厚的雪，没有一丝温度，只有彻骨的冷。

璐璐的两个腮帮肿着，眼睛也肿胀着，那张原本清秀的脸已经变形，近半个月的牙痛治疗无效，让她吃不下饭，睡不着觉，此刻，正眯着眼无助地看着我们。女儿从包里掏出手机，带着哭腔给女婿忻诚打了个电话。一会儿，忻诚急匆匆赶到医院，见面劈头就问："是不是医生搞错了，璐璐的血液怎么可能有问题？"又从我手里接过那张化验单，仔细地看着，脸上露出紧张的神色。他抱起孩子，向急诊观察室走去，脚步竟有些凌乱，也许这不到一百米的距离在他的脚下是那样长，他恨不能一步就把孩子送入病房。进入急诊观察室后，医生立即进行紧急处理，一边发出病危通知书，一边输入止血药，并征求我们的意见，是否愿意输人体免疫球蛋白，也许能升血小板。这是一种比较昂贵的药，一瓶六百元，一次要输十瓶。女婿忻诚说，你们不要考虑费用，只要对孩子有用就行。第二天抽血化验，璐璐的血小板不升反降，又输入十瓶，仍然没有上升的趋势，情况非常危急，必须立刻输入血小板。而医院没有现成的血小板，必须由患儿亲友捐献。捐献者需身体健康且与患儿的 O 型血相配，于是立刻电话通知众亲友。

忻诚第一个通知的是王峰。王峰是女儿的好朋友，两人从小一起长大，宛若一对姐妹。我和她的父母都是一个单位的同事，历经几十年的风风雨雨，彼此结下深厚友谊。得知消息，十几位亲友匆匆汇聚成都市血液中心。第一个做检测的是王峰，她的各项指标均符合要求。王峰说："这次就输我的吧，多输点！"她的语气坚决，不容置疑。王峰躺在采血机旁，俊俏的脸颊透着两朵红云，神情安然，鲜红的血液便在她的体内和机器中循环，淡黄色的血小板被分离进入血液袋中。第二个则是忻诚的妹夫段绍均，他和在遂宁的一帮亲友赶到成都，目的只有一个，探望孩子，为孩子献血。而血小板的储存期只有一个月，每次只需要输一袋两百毫升，但什么时候输，则需根据病情确定。初步估计，在治疗过程中血小板的需求量将会很大，于是，众亲友表示，随时需要，随时通知，即刻便到。

输血的问题得到解决，但璐璐的病情还未确诊，忻诚急忙给在医院工作的朋友洋洁打了个电话。她旋即来到病房。

"怎么回事？上个月我们聚会时，璐璐都还是好好的，怎么一下就病成这样？"洋洁皱着眉头问紫影。

"谁知道呢？开始就是牙疼，以为是牙龈发炎，到医院看了几次不管用，才到这里来的，哪想到病情会这么严重。"紫影焦急地回答。

"我看璐璐这病不那么简单，你们通知孩子的亲生父亲了吗？"

"紫影都快急死了，像天塌了一样，一天到晚都在哭。我心里也急得很，乱糟糟的，还没有通知呢，等检查确诊后再通知吧。"忻诚回答。

忻诚和紫影都是离婚后重新组建的家庭，而璐璐则是紫影与前夫生的孩子。有个乖巧可爱的女儿，有个温柔知性的妻子，忻诚成天乐呵呵的，家庭生活充满了温馨与快乐。

"你是知道的，我特别喜欢璐璐，璐璐也很喜欢我，我是个非常相信缘分的人，是缘分让我拥有了一个幸福的家庭，所以这个孩子对我而言意义太重大了，我要不惜一切代价挽救她的生命，你一定要帮帮我。”忻诚急切地对洋洁说。

“别急，我马上请血液科的王教授来看看。他是全国儿童血液病研究委员会的副主任，也是我们医院儿童血液病的权威，临床经验非常丰富。”洋洁的话让忻诚紧皱的眉头松弛了下来。

一会儿，王教授来到了病房。这是个四十多岁的男子，中等个子，面容清癯俊朗，鼻梁上架着一副近视眼镜。他看了化验单后，又用手触摸了孩子的颈部和腹部，说：“是有些问题。患者的颈部淋巴有些偏大，肝、脾也有些增大。有可能是嗜血综合征，也有可能是白血病，必须通过做骨髓穿刺，才能确诊，可以马上办理住院手续，立刻进行检查。”

璐璐被迅速送入六楼儿童血液科病房。

到了六楼，这里的情景让我们大吃一惊：病房早已住满患儿，长长的走道上一张紧挨着一张的病床，全部住满了患白血病的孩子，有几个月的婴儿，也有十四五岁的大孩子，个个面容苍白。有些患儿因化疗导致头发全部掉光，女孩子若不是穿着花睡衣，根本辨不出性别。一个个小光头白晃晃的在我们眼前晃动。小些的孩子不停地哭闹，陪护的家长有搂着孩子哄的，也有抱着孩子悲伤地哭泣的。稍大些的孩子却都在玩电脑，有的在玩游戏，有的在看少儿动画片，有的在上网，走道上闹哄哄的，不像病房，倒像个市场。很快，我们在走道上找到了护士为孩子安排的病床。紫影红肿着眼睛问护士：“怎么这样拥挤呢？这过道的环境这么差，能想想办法让我的女儿住进病房吗？”护士抿着嘴笑了笑说：“能收进院住在过道已经不错了，还有好多娃娃排着队还住不进来呢。慢慢排队等吧，等病房有出院的，会安排进去的。病房是两人间，进去后环境就好多了。”

“怎么会有这么多娃娃得血液病呢？”

“谁知道呢，前几年还没这么多，也不知咋搞的，今年得这个病的特别多，我们科病房收治能力都超极限了。”

我将各种物品放进过道病床配置的塑料储物箱中，心中惶惶地突然闪过一个念头，不禁一惊：今年不是2012年吗？玛雅预言不是说2012年要发生毁灭性的世界大灾难吗？难道经济的快速发展和人类竭尽全力发展起来的高科技，真的是一把双刃剑，让我们在创造便宜舒适的生活条件的同时，也在自掘坟墓？为什么这么多的孩子会得这个病，难道和环境污染没有密切的联系？不过眼下这世界性的大灾难没有发生，家庭灾难却实实在在地发生了。2012年的这个春天，将注定成为我心头的永久之痛！

二

六楼的电梯等候厅，站满了前来探视璐璐的亲友，连忻诚尚在病中的父母也来了。因怕细菌感染，医院规定探视的人不能多，只好分成两人一组，佩戴口罩进去。心情烦躁的璐璐见这么多人来看自己，竟然一个都不想见，扯过被子将脸蒙上，不吭一声。见此情况，众亲友心中更加难受。

电梯等候厅的灯光有些昏暗，给人的脸上罩上了一层阴影，我和女儿一直在不停地擦眼泪，大家都在揪心地等待孩子的确诊。已经住进医院三天了，璐璐还没做那个确诊病情最关键的检查——骨髓穿刺。

“咋个那么不凑巧嘛，赶上个清明节小长假，要不这个检查早做了。”我的丈夫铁青着脸说，语气有些怨愤。

忻诚抬头看了岳父一眼说：“爸，你也别急，这事都遇上了，急也没用。”

“不能确诊，怎么对症治疗呀！”

“这几天用药后，还是有点效果，璐璐的眼睛都开始消肿了。”我插嘴说道。

“是呀，大家要有信心，我们有三个依靠呢。”

“三个依靠？啥子意思？”女儿的小舅有些疑惑地问道。

“第一，依靠当前高速发展的现代医学科学技术；第二，依靠我们具备的一定经济能力；第三，依靠亲情的强大力量。”忻诚的语气中透着一股坚定和魄力，神情像在公司里决策一件重大事情。

我心中一振，“这话说得可真好，既提纲挈领，又具体可为，不愧是企业老总。”便不由自主地看了看他，眼神中充满了赞许。随之又有点自嘲：“我这是咋了，做总结呀？是习惯使然吗？这都啥时候了！”不禁哑然失笑。

我对这个女婿非常欣赏，甚至感觉他是老天恩赐给女儿、我和丈夫最珍贵的礼物。

女儿离婚后带着璐璐和忻诚走到了一起。忻诚的爱让这个重组的家庭充满了温馨与浪漫，特别是他与璐璐相处得宛如亲生父女。当璐璐张开手臂像一只漂亮的花蝴蝶般扑进忻诚的怀里，嚷着“爸爸我给你加油”，小嘴亲一下忻诚脸颊的时候；当忻诚驮着璐璐在客厅玩骑马的游戏，或拉着璐璐的小手转圈跳舞的时候；当忻诚带着璐璐到海南三亚度假，父女俩在海滩上拾贝壳，在大海边追逐浪花的时候；当忻诚一身运动装带璐璐参加学校亲子运动会的时候，他们的开怀大笑总让我受到强烈的感染。我常常盯着璐璐想：“唉，这孩子，也算幸运，命中遇上个这么好的继父，你可要争气，好好地成长啊！”

忻诚曾规划过对璐璐的培养，计划让她将来出国留学。在璐璐要上小学时，全家人曾为选择上哪所小学颇费了些心思。全家人比较了好几所小学，最终选择了金苹果公学。因这所学校的办学理念基本符合忻诚的想法，但却收费昂贵，为此我们曾犹豫不决。还是忻诚一语中的：“我们不就是想为她创造好的学习环境吗？让她从一开始就接受良好教育怎么不可以呢？况且学校就在小区隔壁，上学也方便，就选这个学校吧。”

从此，璐璐便像只幸福的小鸟，在金苹果公学这片天地里自由地莺啼婉转。三个学期下来，璐璐的成长令人欣慰，不仅收获了诸如“公学之星”“礼仪之星”“艺术之星”“读书小博士”等十几项荣誉称号，舞蹈、钢琴也分别考过了六级和三级，正准备报考七级和五级时。谁会想到，她会遭遇血液病这个恶魔。

“璐璐，你看，外婆给你带什么来了？”我从包里掏出两张印刷精美过塑的卡片，递到璐璐的手中。看到卡片，璐璐立刻从病床上坐了起来，拿着卡片仔细看了看，脸上笑得开了花。那是两张参加比赛的卡片，一张是“2012 中央电视台希望之星英语风采大赛”成都赛区复赛的参赛证，另一张是“成都市第十一届学生优秀艺术人才选拔赛”的参赛证。但随即又小嘴一噘，眼里浸满了泪水，将参赛证往我手里一甩，说：“有什么用，我现在又不能去。”说完往床上一躺，用被子蒙住自己的脸，再也不说一句话。我在病床边的椅子上坐了下来，掀开她蒙着脸的被子说：“不能去也没关系呀，咱把病治好了，以后再去，这样的机会多了。不过，如果这次你去了，我相信璐璐一定能行，老师都说璐璐的英语演讲非常流利，表情和准备的道具都很不错，英语比赛肯定能进入四川省的复赛。钢琴比赛就说不准了，没准也能取得好的成绩呢。还有，你们在舞蹈班排练的舞蹈，也很快要参加成都市少儿舞蹈比赛，郑老师说璐璐的舞蹈基本功这么好，这次参加不了，下次再参加，肯定能拿名次的。”

“真的？老师真是这样说的？”

“当然是真的，我什么时候骗过你呀？你下了这么大的功夫练习，每天早晨起床就背英语，每天晚饭后都要练琴，能不行吗？你肯定行的！”

璐璐很快高兴起来，眼里还含着泪水，嘴却弯弯地翘着。唉，毕竟是个不满八岁的孩子，情绪如这四月的天气，忽而阴雨忽而晴朗的。

三

六楼的护士站外，站着很多患儿的亲属。护士站的骨穿室里，尖厉的哭声不断传到六楼的走道里。在护士站外等候的亲属，有的在抹眼泪，有的瞪着双眼紧紧地看着骨穿室那扇紧闭的门，有的则表情有些麻木，冷冷地站在那里，不发一言。据说，这样的事经历多了，孩子的哭闹也就不那么让人揪心了。

“张璐璐做准备，下一个是张璐璐！”一个护士大声喊了一声。

病床上，外孙女璐璐正在使劲地哭着，大声央求着：“爸爸，我不做骨穿。妈妈，你去给医生说，我不做骨穿。”

“要做的，做骨穿才能确诊你得的是什么病，才能确定怎么吃药治疗，你的病才能快快地好呀！”我拍着外孙女的后背说。

“可是我听别的小朋友说，做骨穿很痛，我怕，我就是不做！”

“好了，听话，好好配合医生护士，这个骨穿是一定要做的。”女儿眼里噙满了泪，哽咽着说。

“快，该张璐璐做骨穿了”，护士走到过道的病床边对我们说。忻诚抱起哭闹不止的璐璐，将她送入骨穿室。我和丈夫、女儿的小姨、女儿、女婿站在护士站外，焦急地等待着。一会儿，紧闭的门里传出外孙女声嘶力竭的哭声。丈夫和女婿离开护士站向走道的另一端走去。在这个时刻选择离开，也许是男人掩饰自己慌乱情绪的一种方式。我和女儿却挪不动脚步，我们就那样站着，眼泪不断地往外涌。此刻我真想去推开那扇门，看看我的外孙女正在遭什么罪。可我不能，我根本没那个胆量。在 20 世纪 90 年代中期，我曾因病做过一次骨髓穿刺。因听人讲过，做骨髓穿刺的穿刺针不是我们通常见到的注射针，而是比较长比较粗的钢针。用这种针穿入骨髓腔，抽取少量骨髓液做检查。患者做检查时心里都会有恐惧感。做检查时身边没一个亲人或朋友，那种恐惧感突如其来，无法逃遁，让人不寒而栗又刻骨铭心。当时我曾对护士说千万不要让我看到做骨髓穿刺的器械。护士果真没让我看到，而我也紧闭双眼，所以至今不知道这个检查的过程和具体的检查手段。一周后我去拿检查报告单，却被告知染色体检查数据不确切，需要重新检查，于是我断然拒绝，扭头就回了单位。我一个成年人尚且如此，何况璐璐一个还未满八岁的孩子？想到此，心便撕裂般疼痛起来。

“家长快来，把孩子抱回病床！”一位护士将门打开，对着我们说道。

忻诚三步并作两步往骨穿室走去，轻轻抱起孩子回到过道的病床。

“我一定要记住这个日子，现在是2012年4月4日下午2点，我的外孙女第一次做骨穿。”我在心里对自己说。无论检查结果确诊是否为白血病，这样的骨穿将伴随着今后的治疗经常进行。

璐璐平躺在床上，女儿用手紧紧地按着外孙女的胸骨中线第二肋间的那个穿刺点。因为如不按住，就会血流不止。璐璐的血小板指数太低，凝血功能不好，若止不住血，随时都有生命危险。这样的姿势由女儿和女儿的小姨轮流进行着，持续了约六个小时后，终于棉纱上不再有沁出的鲜血，大家才舒了一口气。

第二天早晨7点，洋洁走进检验室，与她带的博士生一起在显微镜下仔细地做着外孙女的各项物理检验。

上午10点，王教授将女儿女婿叫到医生办公室，没有半点寒暄，便单刀直入说：“你们娃娃的检查结果出来了，确诊是白血病。”王教授盯着忻诚，面部表情有些凝重。女儿一听，眼泪哗哗直往下流，嘴唇颤抖着，极力控制自己不哭出声来。忻诚的脸上也是阴云密布，“最坏的结果还是来了”，忻诚在心里一声长叹，正想张嘴问王教授怎么办时，王教授却话锋一转：“不过，你们娃娃的情况是不幸中的万幸，她患的是急性淋巴细胞白血病，医学名称为ALL，这种病是血液病中最好治的一种，可以不做骨髓移植手术，治愈率可达80%以上。”

听到此话，女儿女婿绝望的心又重新燃起希望。“是吗？这就是说我们的女儿还有救？”女婿的眼睛一亮，忙不迭地问道。

“是的，当然有救，但我不敢打百分之百的包票，现在还有一个项目即细胞遗传学、免疫表型、分子生物学等要送到北京相关实验室做检查。急性淋巴细胞白血病分为三种类型，一种是标危组，一种是中危组，一种是高危组，而其中标危是白血病中最好治的一种。要判断你们的女儿是哪种类型，有待观察第一个阶段的治疗情况和送北京检验的结果才能确定。所以，这第一阶段的治疗非常重要，你们要高度重视。”

苍天有眼，总算让我们有了希望。女儿哭红的眼中闪过一丝亮光，她长长地出了一口气。

“不过，你们也别太乐观，这种病治疗起来是一个漫长的过程，需要上大量的化疗药物，即便是标危，也需要八个疗程。如果顺利走完这八个疗程，接下来还有近两年的维持治疗，如果在五年后不复发，就算彻底治愈。每个疗程上化疗药时，孩子是很痛苦的，不仅要定期做骨髓穿刺，还要‘打鞘’”。

“什么叫‘打鞘’？是做手术吗？”女儿一听到这个新名词就紧张起来。

“你别紧张，‘打鞘’是俗称，医学上叫腰椎穿刺，是白血病患儿的一个常见治疗方式。在血管与脑脊膜间存在着一种天然的组织屏障——血脑屏障，使大多数经血管给予的全身性化疗药物很难通过此屏障并在脑脊液中达到有效的治疗浓度，会使中枢神经系统成为白血病细胞的‘庇护所’及复发根源。因此，对于明确合并‘脑白’者，‘打鞘’是重要的治疗方式之一。”

女儿突然生出一种极度的恐惧，“这么小的孩子要经历这么痛苦的治疗，上天啊，你怎么这么残酷？！”女儿心中悲愤地问道。

“在治疗中，小孩也许会烦躁、呕吐、吃不下东西，或许会不停地吃东西，身体会迅速发胖，还有一种可能是头发会掉光，你们要有思想准备。家属要配合医生的治疗，孩子更要配合才行，否则即便是标危，因为感染也会转化成中危甚至高危，而一旦感染，便会增加孩子生命的危险系数，同时抗感染的治疗费用很高，还耽误孩子的治疗进程，所以孩子的所有个人用品都要严格消毒，她所生活的环境也要注意清洁、卫生。”王教授简洁明晰的话语让人既清楚了今后必须面对的问题，同时又产生一种不容置疑、必须照办的对专家权威的认可和尊崇。

“好，只要能治好孩子的病，我们和孩子会积极配合医生治疗的。”女儿赶紧对王教授说。

“王教授，我们相信你一定会治好女儿的病，你就按照治疗方案放心大胆地去实施，在用药上尽量用功效好、副作用少的药物，费用问题不用考虑太多。为了孩子，我们会尽一切力量的。”忻诚急切地说道。

“行，这样就好，我们大家共同努力，相信你们的娃娃会战胜病魔，一天天好起来的。”王教授的话语中透着一种自信，这让女儿、女婿绝望惊恐的心得到一丝安慰。

一会儿工夫，这个“不幸中之万幸”的消息就通过电话和短信传递到了亲友们之中。

当天下午，大家又聚集在医院六楼的电梯等候厅里，虽然璐璐患白血病的消息让大家心情都很沉重，但王教授的话也给了大家一点希望。

“舅舅，能不能通过你的朋友打听一下，国内外哪家医院治疗白血病最具权威性。如果国外的医院好，我就送璐璐去国外治疗，如果北京的医院好，就去北京治疗，我要不惜一切代价挽救璐璐的生命”，忻诚对我的小弟说道。

“好，我明天就去问。”我的小弟随即答道。

“姐，你是不是修了几辈子的行哦，修来个这么好的女婿，你看忻诚对璐璐多好呀！”紫影小姨侧着脸对我说道，脸上满是钦佩和感激之情。

我的心中又涌起一股热浪：这个忻诚，对并非自己亲骨肉的璐璐真是太好了，不是亲生胜似亲生啊！其实，忻诚的这些举动并非单纯的是对璐璐的爱，而是爱屋及乌，从更深层面体现了对我女儿紫影深深的爱。爱情真是个奇妙无比的东西，都说上辈子的一千次凝望才有这辈子的一次相知相依，他们上辈子凝望了多少次？在当今的社会背景下，在这么容易擦肩而过的情况下，能牵手于茫茫人海，是一件多么幸运的事。女儿何其有幸能够与他携手，否则如何抗击这人生路上的暴雨风狂？

璐璐从过道搬进了病房，环境一下就好了许多，把门关上，走道里的喧哗声和孩子的哭闹声突然就小了许多，我们的心情似乎也从恐慌渐渐趋于平静。

我们必须平静，平静地面对生活突然给我们的惊喜、幸福和苦难。“其实上天是公平的，它在不经意间给了我们生活的蜜糖，也会在不经意间给予我们生活的苦难，而且常常猝不及防，让我们从巅峰突然坠入万丈深渊。”当这个念头在我的脑中一闪而过时，那种锥心的痛居然逐渐消退。是的，每个人在面对这种突然的变故时，感觉都是一样的，或惊恐万状，或痛不欲生，但最终每个人的结局却不相同，这里比的是定力。这个定力不是别的，就是心态。禅诗说“境随心转则悦，心随境转则烦”，心态其实是一个人的世界观和处事的态度。普兰特斯·马福德说过：“一个人若是一直想着人生的黑暗面，不断活在不幸和失望中，就是在祈求未来有着相同的不幸和失望。”所以无论我们遭遇了什么，都要选择保持一个好的心态，这样就不会过分地活在悲痛中，而是以阳光的心态去面对突然而至的打击和苦难，我们就是自己命运的主宰者。

这么想着，因惊恐而至的紊乱思绪也渐渐得以平复。我梳理了一下，发现立刻要办的事有两件：一是通知璐璐的亲生父亲张冀，告诉他孩子生病的实情；二是到孩子就读的小学，办理休学手续。

四

在一间茶楼的包间里，我们夫妇、女儿还有我的小弟围坐在一张茶桌边等待着张冀。桌上透明的玻璃杯中蓄满了滚烫的开水，茶叶在杯中缓慢地沉浮，有点像我们悬着的那颗心，忽上忽下的。这个时候我们最担心的就是张冀，怕他不能接受这个事实，添些节外生枝的事，也怕他提出采用其他治疗手段而打乱医院制定的治疗方案，但我们还是有一个基本的估计：张冀非常爱这个孩子，在爱的前提下，所有的问题应该都能得到妥善解决。我看了看时间，已经是下午两点半了，离我们约定的时间已经过去了半个小时，人还未到，不禁有些着急，便从手提包中掏出手机，给张冀打了个电话。他告诉我路上堵车，一会儿就到，声音有些慵懒，带着一股漫不经心的味道。

这也难怪，我昨晚给他打电话时并没有告诉他孩子生病的事，我怕电话上三言两语说不清楚，他一着急出点什么意外，另外也担心他把这个情况贸然告诉其父母。张冀的父母年事已高，我怕他们在不明就里的情况下，猛然得到这个消息，一时无法接受而致身心受到损害，只是说要和张冀沟通交流一下对孩子的教育问题。

“吱”的一声，包间的门被推开了，张冀走了进来，见除我之外，还有其他三个曾经很熟悉的人，不仅有些诧异，眉梢向上挑了一下，看着紫影，目光有些疑惑。

“快，来坐”，我忙招呼张冀坐下。

“喝什么茶？”我问张冀。

“随便。”

“那就竹叶青吧。”

“嗯。”

一直等候在包间里的服务生立刻走出包间，将茶水送了进来。

这是张冀和紫影自离婚后，第一次面对面地坐在一起，两人都有些尴尬。一时，包间里静静的，没人说话。张冀好像意识到有重要的事情发生，显得有些局促不安。

“是这样的，今天请你来，是要告诉你一件事”，我打破沉默，看着张冀说。

“什么事？”

“璐璐生病住院了”。

“什么病？”张冀急切地问。

“白血病，昨天刚确诊，确诊后我就打电话给你，约今天面谈。”我的声音有些哽咽，眼泪也在眼眶里打转。

“怎么会呢？璐璐怎么会得这个病呢？不可能的，不可能的！”张冀大声说着，眼睛看着我们，眼神里充满了惊恐与疑惑。

“你冷静一点儿，不要着急，听我说”。于是我将璐璐的情况做了详细的介绍。张冀的眼泪吧嗒吧嗒地往下掉，一声不吭，脸上呈现出绝望的表情，这个突如其来的消息瞬间将他彻底打蒙。看到这种情况，我忙将话题转移到别的问题上。

“张冀，今天请你来，还有一事与你商量。”

“什么事，你说。”

“璐璐现在急需的是血小板，我们必须随时有所储备，需要多找一些人献血，你看能不能请你们那边的亲戚、朋友或者同学帮帮忙？”

“没问题，我马上去办这件事”，张冀起身拉开包间的门准备离去。

“哦，你等等，还有件事”，我忙叫住他。

张冀猛地收住已迈出去的一只腿，转过身子，没说话，只是用狐疑的眼神看着我。

“璐璐得这个病的事，暂时别告诉你的父母，他们年龄都大了，七八十岁的人哪经得起这种折腾，待适当的时候再给他们说，可以先告诉你的哥、嫂和姐姐、姐夫。”

“嗯，我晓得。璐璐住的哪间病房？我先到医院去看看。”

“六楼二十四床，你去了如果璐璐睡着了，别叫醒她，她牙痛得好几个晚上都没睡觉了”，紫影眼圈红红的，冷着脸对张冀说。张冀也没吭声，快步走出了茶楼，身影旋即被城市川流不息的车流湮没。

第二天下午，我正站在璐璐的病床边给她喂药，手机突然响了，电话里传来张冀的声音：“妈，我还是喊你妈。”“哦”，我应了一声，心想，现在喊我妈了，当初怎么不喊呢？当初我们家包括所有的亲戚朋友，他见面都不跟人打招呼的，女儿与她离婚，除两人对生活对事业的态度迥异，女儿积极地面对人生，他却安于现状、不思进取外，这也是其中一个原因。现在两人离婚了，反倒喊我妈了，这倒反映了一个问题，也许经历了这些年的波折，他现在开始醒悟了，长大了。我心里竟为他感到一丝高兴。我忙问他：“找人献血小板的事落实了没有？这事很急的！”

“我找了几个大学的同学，他们都愿意献血。我已经给两个姐姐和姐夫说了这事，你就放心吧。”

打完电话，我将张冀说的情况告诉了女儿，女儿说：“妈，这事你要盯紧点，不知道什么时候就要用呢，也不知道用量是多少，别要用时拿不出来就麻烦了。”

“知道，我会盯紧的。张冀这么喜欢璐璐，肯定会用心的。”

“但我们必须做好充分准备才行。”说着，女儿拨通了忻诚的电话。

一会儿，忻诚走进病房。躺在床上输液的璐璐见爸爸来了，高兴地从床上坐了起来，也不顾手上还扎着针管，便伸手去拉爸爸的手。忻诚用食指刮了一下璐璐的鼻子，双手捧着璐璐的脸说：“想我了？看，爸爸给你买好吃的来了！”说着便将璐璐最爱吃的山竹、火龙果拿到她面前，顺手剥了几颗山竹放在杯子里，倒点开水泡热后喂她吃起来。

“紫影，跟你商量个事。”忻诚对正在为璐璐写治疗笔记的紫影说。

紫影抬起头，合上那本 16 开的笔记本，将遮住自己眼睛略带卷曲的一绺长发拢到耳后，用疲惫的眼神望着忻诚，“什么事呀？”

“我看璐璐住院也不是一天两天就能出院的，恐怕得做好打持久战的准备，虽然有妈和小姨在医院帮着照看，但时间久了，你身体会吃不消的。再说了，苗苗才刚满一岁，也经常哭闹找妈妈，你在医院心里也牵挂着她，我与妹夫商量了一下，准备把他嫂子请来专门照顾璐璐，这样你也可以有点休息时间，我现在最怕的就是把你和妈给累垮了。你看这样安排可以吗？”

“可以，但嫂子走得开吗？”

“应该没问题，她老公在我们公司上班，两个儿子一个大学要毕业了，一个从部队复员回来在广州打工，家里没啥拖累，人也本分、能干，她来最合适了。”

“那好呀，这样我就可以抽点时间回家看看苗苗了。忘了问你，苗苗这几天情况怎么样，她吃饭乖吗？有没有生病呀？杨姐带她上早教课迟到没有？”

“你就别操那么多心了，苗苗一切都好。”忻诚笑着说道。

听忻诚这么说，紫影疲惫的脸上露出笑容，瞬间恢复了往日的妩媚。这个时候，忻诚的体贴让她的心里得到极大的慰藉，便向忻诚投去感激的一瞥。

“苗苗好我就放心了，我们真得好好感激杨姐呢！”紫影说这话时，一脸的真诚，一脸的感动。

苗苗是紫影与忻诚结婚后所生的女儿，刚满一岁。杨姐是带苗苗的阿姨。苗苗刚满两个月时，便接替月嫂小贺来到紫影家。杨姐本也是个月嫂，在月嫂公司算是个业务能力很强的资深人士，脾气也好。原说好带一个月后就离开的，但一个月后，女儿紫影见她带孩子耐心细致，责任心很强，还将科学育儿的方法运用在孩子的生活起居、生活习惯及兴趣的培养上，便与她商量留下继续带孩子，直到苗苗上幼儿园后再离开。杨姐因与我们大家相处很好，也就同意留下了。苗苗在她的精心照顾下一天天长大，而璐璐对这个聪明、活泼、可爱的妹妹也喜欢得不得了。现在璐璐在医院里经受着生死考验，紫影几乎整天都在医院陪着璐璐，苗苗就由杨姐照顾，包括每周两次到早教中心接受培训都是杨姐带着去的，因此紫影和忻诚自然对杨姐多了份感激之情。

五

几天后，张冀和他的大姐、二姐来到医院探望璐璐，璐璐的情绪不好，也不与他们说话，只是在他们离开病房时说了声拜拜。我送他们到电梯间时，连声道歉："璐璐心情不好，现在不爱与人说话，请不要在意。"

"没事，璐璐现在这种情况，可以理解的。"张冀的大姐面带笑容对我说。

"璐璐输血小板的事，也请你们放心，我们找了很多朋友，大家听说要救一个小女孩，都很踊跃。张冀也找了他的高中和大学的同学，一旦需要大家都会伸出援助之手。"张冀的二姐接着大姐的话说道。

"嗯，张冀跟我说了。"我看了张冀一眼，见张冀脸色不好，神情有些疲惫，也许晚上没有休息好，他也没吭声，只是向我点了点头。

原来一直担心以后的治疗过程中需要大量的血小板，总不能让亲友们反复去献血吧，因此这事很是困扰我。听她们说后，我也就放心了。

"这下好了，问题解决了，这对璐璐的治疗又多了份保障呢，谢谢你们。"我说。

"谢什么呀，我们能做的会尽量去做的。"张冀的大姐说。

"是啊，希望我们大家都尽力，帮助璐璐战胜疾病。"

“我明天给璐璐送些补品来，让她每天按时吃，希望对提高身体免疫力能起点作用。”

“那太感谢了……”我的话还没说完，电梯到了，张冀的两个姐姐走进电梯，对我挥了挥手，说声拜拜，电梯门便关上了，张冀旋即返回病房。我突然感觉胸口有点堵得慌，便在电梯等候间的椅子上坐了下来。其实在我送他们出病房时，我是想跟他们谈璐璐治疗费问题的，但话到嘴边又咽了回去，因为忻诚不让我给张冀和他家里人提这事。忻诚曾对我说，璐璐的监护人是紫影，我和紫影结了婚，璐璐便是我的女儿，作为父亲，我就要承担起养育她的责任和义务，就不要对张冀说医疗费的问题了，花再多的钱，那也是我和紫影的事。我知道忻诚这话是内心真实的想法，她是真的爱紫影，把璐璐当成自己亲生女儿看的。但我心里却非常不安，璐璐的这个病不是一般的病，治疗费用非常高，眼下每天的花费都是几千元，这还是在正常治疗情况下，如果一旦出现特殊情况，得花多少钱真还说不清楚。而眼下忻诚公司的一些项目又多有亏损，资金周转出现问题，如果让他硬撑着，似乎也不太合适。但张冀每次到医院看望璐璐，都沉默寡言的，也从未提起过璐璐医疗费的问题。按照我对张冀的了解，如果不是经济状况出了问题，他也不会这样不闻不问的。当初他与紫影签离婚协议时，曾议定每月给璐璐六百元生活费，教育和医疗费与紫影各承担一半，每周可探望璐璐一次。但离婚后每周倒是探望了，生活费及教育和医疗费却没有兑现。忻诚也不让紫影向张冀要，我们则考虑到不能让璐璐生活在父母离婚的阴影中而使成长受到影响，平时很注意不在孩子面前议论这事，也从未在孩子面前说过张冀的不是，想到也许是他经济不宽裕，也就没提过这事。但现在这个情况，该不该与张冀谈，这事倒挺让我纠结的。

在椅子上坐了一会儿，心情有些郁闷，也没理出个头绪，便起身回到病房，见璐璐正在玩张冀给她买的芭比娃娃，就强笑着说：“璐璐，你这个芭比娃娃穿的裙子好漂亮呀，但是你把她的头发弄乱了，用小梳子给芭比梳一下头，给她打扮得漂漂亮亮的吧。”“好的，我给她梳头。”璐璐便拿起小梳子梳理起芭比娃娃金色的长发。突然璐璐的手停住了，抬头看着我猛然问了一句：“外婆，你说我的头发会掉吗？我以后会不会也像别的小孩一样成个光头呀？要是那样难看死了，我不要掉头发呀！”说完便哇的一声哭了起来。这话如锥子般在我心上扎了一下。我快步走到床边，伸手摸了下她的两个长辫子说：“我知道璐璐是个爱漂亮的小姑娘，你的头发从三岁开始学跳舞就没剪过，留长发就是为了跳舞时能盘个漂亮的发髻。外婆也不知道你以后会不会掉头发，因为每个人的情况不一样，有的人掉有的人不掉。不过我想如果你乖乖地配合医生吃药、打针，好好吃饭，加强营养，体质好了没准就不掉呢！再说即便掉了，以后也会长出又黑又亮的头发的，照样穿漂亮的舞蹈服，盘漂亮的发髻跳舞好吗？”我将外孙女搂在怀里，在她额头上亲了一下，心里却像打翻了五味瓶，酸甜苦辣咸各色杂陈的滋味如浪般在心里涌动，眼睛便有些潮湿，我使劲忍住，没让眼泪掉下来。

璐璐生性爱美，对美的事物似乎有一种天然的悟性，从小就喜欢花花草草，喜欢外出旅游，喜欢弹琴跳舞，喜欢玩漂亮的玩具，穿漂亮的衣服，还自己跟着《芭比之十二芭蕾舞公主》的影碟学跳芭蕾舞。当璐璐穿着白色的天鹅服和粉色芭蕾舞鞋，站在幼儿园庆祝“六·一”国际儿童节的舞台踮着脚尖张开双臂独自旋转的时候，真的就像一只稚嫩、美丽的白天鹅在翩翩起舞！紫影爱女心切，也常买各种漂亮的衣裙，将女儿打扮得像个超凡脱俗的公主。说来也让人惊诧，这孩子居然四岁就会自己搭配衣服，而且效果绝佳。

“那我要乖，我好好吃药吃饭，打针也不怕疼，留住我的头发！”

“好呀，我们璐璐最勇敢了，以后做骨髓穿刺也不要哭，早早地把病治好了，好早点回家！”

“哎，外婆，我家里的那些芭比娃娃你都给我放好了吗？你明天再给我带一个来。”

“都在你的玩具柜里放着呢，你那么多的芭比娃娃，都快成芭比娃娃收藏家了，你要哪个？”

“就要那个蝴蝶仙子。”

“好的，我回去找，明天带来。还要别的东西吗？”

“还要书，就把那套《芭比经典故事》带来吧，还有那套《阿衰》也带来。”

这病房里的生活太单调寂寞，用看书打发时间也不失为一个好办法，更何况璐璐一直有阅读的习惯。这孩子五岁便能读书看报，给她买的几百本少儿读物基本都看了一遍，其中反复阅读的则是有关芭比的书，而各种各样的芭比娃娃和芭比公主的影视作品则陪伴着璐璐一天天长大，在她的心目中，自己俨然就是一个芭比娃娃，一个美丽、善良、聪明的公主。这个时候要她的蝴蝶仙子，莫非想起了英语演讲比赛的事？就在璐璐生病前的一个月，她参加了中央电视台举办的全国英语演讲大赛选拔赛，演讲的主题便是“我的芭比娃娃”。那天她穿着白色的公主裙站在演讲台上，手里拿着蝴蝶仙子，用流利的英语讲述着她和芭比的故事，其中文如下：

大家好，我的名字叫张璐璐，你们可以叫我 Lilian。我今年七岁了。你们看我像个可爱的芭比公主吗？

我从小就非常喜欢芭比，在生活中芭比就像我的朋友一样。只要有时间我就会和芭比玩一会儿：给她们梳头、换衣服、洗澡、讲故事……在芭比家族中我最喜欢蝴蝶仙子了。她有一头金色的长发，一双晶莹的蓝色的大眼睛。嘴唇上涂着紫罗兰色的口红，她穿着粉红色的上衣，系着一条金色的闪闪发亮的腰带；一条宝蓝色的百褶裙闪闪发光。她还有一对耀眼夺目的蝴蝶翅膀，我常常情不自禁多看几眼！芭比真是好玩。可是，人总要长大，长大后的我们可能不会再与芭比做游戏了。可我相信，长大后的我们若是再碰见芭比，一定会感叹：芭比就是带给我们幻想与快乐的好伙伴啊！

那天，璐璐的演讲精彩极了，就连坐在台下的几位评委都忍不住向她投去赞许的目光，我带去的摄像机真实地记录了这精彩的瞬间。果然就在璐璐生病住院后不久，便收到了成都市少儿英语演讲赛的复赛证。老师对我说，这孩子讲得这么好，肯定能进入四川省的比赛。而我们也多么希望她能一路冲刺，最终站在中央电视台的演播室里演讲呀！

璐璐如此喜爱芭比，生病住院当然就更离不得了。如果病房允许带稍微多一点的玩具，我真想把那个粉色的芭比屋也带到病房，让她玩得更开心一点。

“璐璐，我明天下午才能把你要的芭比娃娃和书带来，你不要急好吗？”我对正在看书的璐璐说。璐璐抬起头很不高兴地看了我一眼，噘着嘴说：“为什么要下午才来呀？”

“我上午要到你们学校去一趟。”

“去学校干什么？”

“给你办休学手续，估计一时半会上不了学了，要给校长和老师请个假才行呢。”

一听我要去学校办理休学手续，璐璐更加不高兴了，她把拿在手里的书一扔，往床上一躺，将被子蒙住脸，再也不说话了。

六

这是一个阴冷的初春的早晨，天空阴沉沉的，飘着若有若无的零星小雨，路面有些潮湿，微风刮过，树叶便摇摆着，发出沙沙的响声，人身上便觉一阵寒意。我紧了紧风衣的领子，出了小区的大门，向璐璐就读的金苹果公学走去。进入校门，学校一片静谧，各个教室和教研室都空无一人，只有做清洁的阿姨在长长的走道里忙碌。我向一位阿姨打听："请问大姐，学校今天不上课吗？怎么没人呢？"阿姨用手指了指学校后面的操场说："在升旗。"我猛然想起，今天是周一，学生们一早要举行升旗仪式。恍然察觉我因璐璐的病整日担惊受怕已经不记得日子和时间了，心中不觉凄然。踩着木质楼梯，到了二楼。楼道两侧墙上挂满了学生的绘画作品，我一眼看到那幅静物写生画——有些复古意蕴的青花瓷花瓶，那是璐璐的作品，此刻正幽幽地看着我，似欲言又止，便觉鼻子一酸，眼眶湿润，忙收回目光，往璐璐的教室走去。教室里空无一人，一排排果绿色的课桌静静地安放在教室中，课桌上干净整洁。教室左边靠墙放着分格木柜，木柜的格子上贴着学生的姓名，分别放着书包和文具。台面上摆放着学生的各种荣誉证书。璐璐的那张"公学之星"奖状镶在一块有机玻璃做成的相框里，放在显眼的地方，因为"公学之星"是这所学校的最高奖项。教室的右边是一排窗户，窗户下的角落里安放着洗手池和饮水机。教室正前方的讲台上有一块很大的黑板和多媒体教学屏幕。两边则贴着几幅学生的画作，其中璐璐的自画像涂着缤纷的色彩，显得俏皮又活泼。在讲台对面的是学生的学习园地，上面贴着格言警句和学生的学习情况。这一切对我来说是那么的熟悉与亲切，因为每天接送璐璐上学放学，对这里的每个细枝末节早已了如指掌。我伸手抚摸了一下璐璐的奖状，又看了看她放在木格里的书和画笔，然后坐在她课桌的椅子上，静静地看着黑板，看着多媒体屏幕，看着璐璐的自画像，于是，璐璐在学校学习的情景便如一幅幅画在眼前浮现：第一天背着书包在学校大门留下的灿烂笑脸；进入学校看到新奇陌生教室后张大的惊奇眼睛；上课时高高举手要求回答老师提问的急迫神情；上英语课时伴随着欢快的乐曲，跟着老师和多媒体屏幕上熊猫宝贝边舞边学单词和句子的快乐身影；第一次戴上红领巾时天真自豪的笑脸；手捧“艺术之星”“礼仪之星”“读书小博士”“计算小能手”“国际儿童绘画展优秀奖”“博雅书法优秀学员奖”“语言主持优秀学员奖”“拉丁舞勤奋小舞者”“模型制作优秀学员奖”等各种奖状时甜甜的笑容；与“公学之星”擦肩而过委屈的泪水与沮丧的神情；在运动场上与参加亲子运动会的忻诚爸爸憋着劲奔跑的矫健身影；身着翠绿色古装衣裙在舞台上表演《山居秋暝》时气定神闲翩翩欲飞的淡定与飘逸；在全校大会上从校长手中接过“公学之星”奖状时因激动而通红的脸蛋。我沉浸在璐璐成长的快乐之中，嘴角浮现一丝笑容。

突然我在璐璐的书桌里发现了一本《公学的童话》，这是金苹果公学的校刊，璐璐住院后老师放在了她的书桌里。每次拿到校刊后，璐璐都会很开心地让我看，因为几乎每期上都有她写的诗或文章。我翻开这本杂志，在“小小文学家”这个栏目，璐璐写的诗《荷花》跃然纸上：

荷花

荷花美景好风光，
清水蓝蓝荷叶绿。
风吹荷花把头点，
露珠晶亮真迷人。
能不忆荷花？

笑意再次在眼角荡漾。这首诗让我回到不久前璐璐写诗的那个夜晚。

那晚，璐璐坐在那张粉红色的书桌前做作业，而我则在电脑上写作。书房里静静的，只听得见我在键盘上码字的轻微声音，柔和的台灯把璐璐的脸映照得很文静。突然璐璐叫了我一声：“外婆，我作业做完了。”我忙起身走到书桌前，检查她的作业。检查完了，在她脸上亲了一下：

“不错，字迹工整，书写认真，数学题计算全部正确。可以刷牙洗澡上床睡觉了。”“不，我还想画张画，想画一张荷花图。”我一下想起，曾经在暑假期间带璐璐到三圣乡荷塘月色观赏荷花和摄影，许是辽阔清丽的荷塘给璐璐留下深刻印象吧。“好的，你画吧，不过别磨蹭，只给你十分钟时间。”璐璐便转身去拿纸和彩色画笔。一会儿璐璐又叫我：“外婆，我画好了，可我还想给这幅画配首诗呢，可以吗？”我笑了，心想这孩子找到感觉了。

（璐璐画的荷花）

“当然可以了，想写就写吧”，便向她投去鼓励的目光。

璐璐从小就敏感，内心情感丰富。当她上小学一年级时，有一天我写了一首《心如雪花》的诗，那是特意为我所敬重的老作家李致先生庆贺八十岁生日时写的，放在桌上被她看见了，便在一张粉红色的纸上给我写了一封四十个字的信。有些字不会写便用拼音代替，有三个字是错别字，其中一个还把偏旁部首给调了个。信的内容是：

外婆像雪花一样温和，外婆我被你打动了。你是一为（位）大诗人，你是可以当上诗人，因为你是一名作者。

写好后便卷成一个圆筒悄悄放在了我的抽屉里。当我展开读后，不禁笑了，这孩子居然误把我当成大诗人了，但却为璐璐细腻的情感和稚嫩的表达而心动，也从中发现了她对写作的兴趣。此后除坚持从四岁开始每晚临睡前背诵唐诗宋词的习惯外，便常在游戏或散步时指定一物，我说上句她接下句地编顺口溜，慢慢培养她语言的韵律感，不久她就开始试着学写诗，并在《公学的童话》校刊上发表了《春天的雨》：

春天的雨

春雨滴滴答，
种子说：
下吧下吧，
我要喝水，我要发芽。
春雨滴滴答，
花儿说：
下吧下吧，
我要喝水，我要开花。
春雨滴滴答，
树苗说：
下吧下吧，
我要喝水，我要长大。
春雨滴滴答，
落在土地上。
滋润着万物，
把世界打扮得好漂亮。

还跟着课文《风》，拓展写出了小诗：

风

谁也没有看见过风
不用说我和你了
但是花瓣飞翔的时候
我们知道风来玩了

谁也没有看见过风
不用说我和你了
但是小草仰着头的时候
我们知道风来说话了

“外婆，我写好了，你看可以吗？”我接过她写的《荷花》，看到最后一句便乐了，这孩子居然把白居易的“江南好，风景旧曾谙。日出江花红胜火，春来江水绿如蓝。能不忆江南？”的诗句移植到她的诗里了，看来“熟读唐诗三百首，不会作诗也会吟”还真有一定道理。便在诗的下边给她的语文老师兼班主任李老师写了一段话，让璐璐第二天上学后交给李老师。第二天上午九点，老师给我打来电话说：“璐璐交给我她的作业本时，很羞涩地对我说：‘李老师请您看看我写的一首诗和外婆写给您的一段话。’我看了，太高兴了。璐璐刚上二年级就能写出这样的诗，说明这孩子善于观察，内心情感丰富，有这方面的天赋和兴趣，可以好好培养和引导她。我在全班同学中讲了这件事，朗诵了这首诗，说我们班出了个小诗人张璐璐，大家要向她学习，全班同学报以热烈掌声，璐璐的小脸涨得通红，可高兴了。这首诗我已经推荐到校刊《公学的童话》了。”放下电话，我心中似有一股暖流在涌动，脑中又闪现出李老师在期末对璐璐的一段评语："璐璐，你给老师留下的印象实在是很深刻！你非常聪明伶俐，已经把《小学生必背古诗70首》烂熟于胸了，你还看了很多课外书，'读书小博士'非你莫属。你还是一个特别会写作的孩子，老师很欣赏你写的小诗和记事文章。璐璐，老师真诚地希望你成为全面发展、非常优秀的学生！"我不知道，当时璐璐看到老师评语时的反应是什么，但我相信，老师的鼓励在孩子成长路上所起的作用将是无价的。

此刻见到在校刊上发表的这首诗，心却猛烈地抽搐了一下，"老天呀，你为什么要这样对待璐璐？你为什么要让她得白血病啊？"

突然，教室的走道上传来孩子欢快的嬉闹声，结束升旗仪式的孩子们回到教室上课了。璐璐的班主任老师和同学们蜂拥着进入教室，当看到我时，一下安静了，几乎所有的孩子都仰着脸，用明亮和询问的眼睛看着我。几位女孩子向我跑来，拉着我的手问："婆婆，璐璐病好了吗？她什么时候回来上课呀？"接着其他孩子也簇拥在我的身边，七嘴八舌地说："婆婆，婆婆，你叫璐璐快回来上课吧，我们都好想她呀！"面对这群天真烂漫健康活泼的孩子，面对孩子们焦急和关切的眼神，脑中闪现出病床上璐璐惨白的小脸和无助的眼神，这强烈的反差让眼泪顷刻间奔涌而出。我泣不成声，一下将两个女孩拥入怀中，嘴唇颤抖着说不出一句话。班主任李老师快步走过来，递给我一张纸巾，对孩子们说："婆婆会把你们对璐璐的关心带给她的。我们大家给璐璐加油，让她战胜疾病，早日回到课堂和我们一起学习，大家说好不好！"教室里立刻响起孩子们洪亮的声音："好！""大家准备一下，一会儿要上课了。"李老师边对学生说边和我走到教室外，焦急地问道："璐璐得什么病了，都快一个月了还没来上课？"我擦着眼泪说："血液上出了点问题，血小板很低。"我没说白血病的事，因女儿说暂时不要告诉学校老师和同学，怕以后璐璐回学校后受同学歧视，对她自尊心造成影响。

"那什么时候才能回学校上课？"

“恐怕要一段时间进行治疗，因血小板低，一旦出血不止就有生命危险。我今天来就是想给璐璐办休学手续的。”

“好，我知道了。你和璐璐妈妈不要着急，好好给孩子治病，有什么需要我帮助的请一定告诉我，这么聪明乖巧的孩子，我一定会尽力帮助的。我抽时间去看看璐璐，哪天带上同学们到医院去看看她。”

“谢谢了！但现在璐璐情绪很不好，一提到学校老师和同学就哭，她要是见到你们，恐怕会哭闹着要出院上学。以后吧，等她情绪稳定点你们再去探视。”

“也行，我等你电话。办休学手续要去找校长，我带你到校长办公室去。”

我和李老师走进校长办公室。苏校长在办公桌前坐着，正在看一份教学资料。李老师说明我的来意后，苏校长立刻请我在沙发上坐下，并为我沏了杯茶，焦急地问道：“张璐璐是怎么回事呢？病得很重吗？究竟是什么病需要休学？”我简短地告诉了苏校长璐璐的病情，但仍然隐瞒了白血病的实情，不过我从苏校长惊愕的神情和含泪的眼睛中知道她其实已经猜测到璐璐得的是白血病了。见我不停地在擦眼泪，苏校长走过来拉着我的手，有些哽咽地说：“璐璐婆婆，你也不要太难过，现在医学这么发达，相信璐璐会被治好的，你们现在要坚强地面对这个问题，璐璐是个品学兼优的孩子，让璐璐也要坚强。你看我们学校能为你们做点什么？学校领导和老师及班上的学生派点代表去探望鼓励一下璐璐可以吗？”听到这话我的眼泪像决堤般又涌了出来，摇了摇头说：“谢谢苏校长！暂时还没有什么需要学校帮助的，我今天来的目的就是把璐璐生病的情况给学校说一下，为她办理休学手续。”苏校长点点头，又对我说：“我有一个好朋友在璐璐住院的那家医院工作，如果你们遇到什么困难，也许可以找他帮忙解决。”我心中又是一热，在我们最艰难痛苦的时候，苏校长这么贴心的话着实让我感动，但我一句话也说不出来，只是使劲握了握苏校长的手。“那这样吧，我们先派些老师和学生代表去医院看看璐璐？”苏校长用征求意见的口吻对我说。我再次摇了摇头说：“不瞒你说，其实我们也曾想过请璐璐的老师和同学去看看他，但又怕会对她以后复学造成心理影响。看情况吧，等她的疗程结束，回家休养时再去看她，你说呢？”

“那好吧，我先把璐璐的休学手续办了，你到财务去结算一下，有些钱是可以退的。璐璐的学籍我们给她保留着，她随时可以复学。璐璐如果需要补课，我们也会安排老师做的。”

“好的，太感谢学校对璐璐的关心了。”

“不用谢的。另外如果璐璐休学的时间比较长，明年的学费和建校赞助费我可以向上面申请一下，只缴纳半费或者全免，到时你听我电话通知就可以了。”我向苏校长投去感激的目光，心里连连感叹：“这是个多么好的校长呀，难怪孩子们要叫她‘苏妈妈’呢！要知道金苹果公学可是个收费昂贵的私立小学 ，办学目的除教书育人、培养人才外，取得良好的经济效益也是重要的追求目标之一。学校能这么处理问题，可谓周密周全。”我连声说着“谢谢”，与苏校长握手后便离开了校长办公室。

很快，我将璐璐的休学手续办完。看着手里捏着的那些纸质文件和各种收据，想着我的外孙女就这么中断了学业，她什么时候才能重返校园或者从此离别校园还不得而知，心里便如刀绞般疼痛，可苏校长和李老师的话又如一团火焰温暖着我的心，不由得在心里呐喊：“璐璐你可要挺住啊！你的校长、你的老师、你的同学、你的亲人，还有那么多的叔叔阿姨都在关心你，帮助你，在浓浓的爱的氛围中，你可要快快好起来，好好上学读书，好好成长，以报答他们的关爱呀。璐璐，我不准你出现什么意外，你要好起来！你一定要好起来！”

七

天灰蒙蒙的，突然下起了大雨。在六楼十二号病房里，门窗紧闭着，一个男护工正在对病房里所有的物品消毒。窗外那棵有七八层楼房高的硕大槐树在风雨中摇摆，垂挂在枝条上的槐角被风雨撕扯着飘来荡去，如同我此刻的心境，摸不着边际。

查房的医生带着一帮实习医生走进病房，对璐璐的情况做例行询问后对女儿说："你们到医生办公室去一下，王教授找你们谈点事。"女儿和我即刻到了医生办公室。王教授正在翻看璐璐的病历，见到我们点了点头便说："张璐璐的送检结果出来了，和我们的诊断基本吻合，准备按照标危类型进行治疗。明天开始给孩子上化疗药了，你们要做好心理准备，要鼓励孩子勇敢地接受治疗。治疗共需八个疗程，每个疗程结束后可以回家休息一周。治疗期间要鼓励孩子多吃东西，以增强身体的抵抗力，同时要严格注意卫生和消毒，特别注意口腔和肛门的卫生，无论吃过什么都要用碘伏兑水漱口，大小便后一定要用碘伏水坐浴消毒，平时孩子和陪护及探视的人要戴口罩，否则一旦感染会增加治疗的风险，也会加重经济负担。"

"好的，我们会全力配合，也请王教授多费心！"女儿边说边对王教授投去既感激又迷茫的目光。

走出医生办公室，女儿抓住我的手臂，说："妈，我心里怎么感觉空落落的呢？这化疗药一上，璐璐就只有往前冲，没有回头路了，也不知是凶是吉。"我轻轻拍了下她的手，说："我也是，心里乱糟糟的很不踏实。但不这样又怎么办呢？你舅舅已经通过朋友和上网查询了，只要病情确定，北京、上海、天津甚至纽约、华盛顿的治疗手段和用药都基本相同。如果选择转院到北京的医院或者出国治疗，我们照顾璐璐还不方便。现在只有听医生的，我们要做的就是随时注意观察璐璐用药后的反应，生活上更细致地照顾。你三嫂不是要来吗？什么时候来呢？”女儿说：“她今天一早从遂宁坐车来成都，可能快到医院了。”说完便快步向病房走去。一会忻诚走进病房，对璐璐做了个鬼脸，璐璐开心地笑了，说：“爸爸你好搞怪呀！你来得正好，我正想问你，苗苗问起我没有？我好想苗苗呀！”忻诚伸手抚弄了下璐璐的头，说：“苗苗整天都在叫姐姐呢！你好好治病，病好了回去陪苗苗玩好吗？”

“好的！我吃药的时间到了吧？快给我倒水，我要吃药！”璐璐一翻身从床上坐起来，忻诚把放在小圆盒子里的药递给璐璐，她接过来倒进嘴里，喝口水一仰脖子吞下后又乖乖地躺回床上，其动作如她平时跳舞般一气呵成。我们都给她鼓掌，病房里顿时笑声荡漾。

这时女儿拉了下忻诚的衣角，同时给我指了指病房外面，我们会意地走出病房，在电梯间附近的椅子上坐下。女儿给忻诚说了王教授找我们谈话的内容，也说了自己的担心，说着眼泪便像断线的珠子般流下来。忻诚将紫影揽入怀中，说：“治疗还没开始，你就败下阵了？我们要有信心！反正我是下定决心要尽全力给璐璐治病的，不管结局如何，只要有百分之一的希望，我就要做百分之百的努力！”紫影突然哭出声来，这哭声蕴含着复杂的感情：半是焦虑半是感激。

“好了，别哭了！治疗过程中还不知道要遇到什么问题呢，我们一定要坚强地面对出现的任何情况！在璐璐面前千万注意不能流泪，孩子现在非常敏感，不能把我们负面的情绪带给她，拿时下最时髦的话说，要带给她正能量！一会儿我还要去谈一个项目，我走了。记住，当璐璐的面不许哭！”紫影点点头。忻诚正准备进病房拿手提包，却见璐璐的外公开车把三嫂送到了医院，于是便与众人一同走进病房。三嫂有四十多岁，皮肤白净，身材不胖不瘦，脑后扎个马尾，很精干的样子，见到璐璐便笑着说：“你叫璐璐吧？以后我来照顾你，可以吗？”忻诚对璐璐说：“快叫三妈，你以后可要听三妈的话！”璐璐便怯生生地叫了声“三妈好！”三嫂将自己的行李包放进柜子中，便麻利地倒水给璐璐洗脸擦身。

夜已深沉，医院外宽阔的街道上依然灯光璀璨，城市在夜色中显得愈加美丽，医院内灯光则暗了下来。患儿和家属折腾了一天，除还在输液或抢救的外，都已睡觉休息。紫影和三嫂轮换着睡觉。此刻紫影和衣躺在医院的躺椅上，睁着眼睛，一会儿看看天花板，一会儿看看沉睡的璐璐，心绪不宁。她坐起来，对三嫂说："你来睡吧，我看着璐璐，反正我也睡不着。"边说边起身走到璐璐床前。

璐璐沉浸在梦乡中，脸上带一丝笑意，莫非在做一个好梦？是梦见自己重回学校，还是与妹妹苗苗在一块玩耍？

紫影看着女儿天真稚嫩的面容，轻轻给她掖了掖被子，在心里长叹一声："璐璐，你知道我们有多爱你吗？你可不要出现什么意外，不要让妈妈失望，要快快好起来。让我们一起祈祷：闯过化疗这一关，让白血病这个恶魔见鬼去吧！"

一组一组的化疗药在输液架上一点一点地注入璐璐的身体。化疗在胆战心惊中结束了第一个疗程。女儿在一本厚厚的笔记本上详细地记录着璐璐每天的用药和各种体征。令人欣慰的是璐璐情况良好，没有呕吐，没有烦躁不安，只是不停地要东西吃。医生告诉我们，这个疗程的药物中加入了激素，所以会大量进食。于是在家做饭的阿姨小许，每天换着花样给璐璐做可口的饭菜。而璐璐的外公则无论刮风下雨一天三次开车往医院送饭。三嫂则严格按照医嘱，不厌其烦地督促璐璐做口腔和肛门消毒。璐璐除做"骨髓穿刺"和"打鞘"，因剧烈的疼痛而哭闹外，其他时候都很配合。检查结果各项血液指标都有所回升，人也胖了起来。一切似乎都在往好的方向发展，我们紧绷的神经也有所松弛。

但进入第三个疗程后，我们一直担心的事终究还是发生了，璐璐开始恶心呕吐，整天难受得直哭，拒绝吃任何食物，连吃药也要费很大的劲才肯吞下药丸，但吃下立刻又吐了出来。我们一下陷入慌乱之中。

一日午后，我轻轻搂着璐璐，怜爱地抚弄着她的头发。这时，一绺长发顺着我的手指滑落在床单上，我心中一惊："璐璐掉头发了！"不禁悲从中来，"终究还是逃不过掉发这个厄运！"正准备伸手悄悄捡起扔掉，却几乎同时，璐璐也看见了。她快速地将头发抓在手里，睁着惊恐的眼睛看着我，突然对我和紫影大叫起来："外婆，妈妈，我在掉头发了！我要成光头了！我不要，我不要啊！"便伏在妈妈的怀里歇斯底里大哭起来。紫影把女儿紧紧地搂在怀中，不断地吻着她的脸，轻声安慰着："璐璐乖，没关系的，头发掉了还可以长起来。如果头发掉光了，妈妈去给你买个漂亮的发套，在发套上编两个小辫，别上好看的发卡，你还是原来那个漂亮的璐璐呢！"璐璐点了下头，才慢慢止住了哭声。事后女儿对我说："与其这样，还不如把璐璐的长发剪成短发，这样也许掉发就不像长发那样显眼。"几天后，女儿请了位理发师到医院为璐璐理了个短短的发型，我们都称赞璐璐漂亮，看着镜中换了发型的自己，璐璐的嘴角向上撇了一下，现出一丝极不情愿的苦笑。

这是一个有点诡异的夜晚，空气中飘浮着一丝死亡的气息。六楼走道里突然安静下来，接着有悲伤的哭声从紧闭的病房中传来。那是撕心裂肺的哭声，让人不由得心悸。有人轻轻说了一句："六号病床的那个女孩走了，可惜呀，都十三岁了！这几天也不知咋的，都死了好几个小孩了。"所有患儿和家长脸上都罩上一层阴冷和恐怖的神色，仿佛死神正露着狰狞的面孔要来夺走自己的孩子。一会儿，两个护工推着一张装有滑轮的病床从病房里出来，上面躺着那个已经死亡的孩子，一张白色的床单将孩子的整个身体覆盖，病床后跟着几个哭泣的人，孩子的母亲已经哭不出声，全身瘫软了似的被人搀扶着艰难地挪动着步子。这时有人说了声："快用身子把自己的娃儿挡住！"走道上立刻响起窸窸窣窣挪动身子和噼噼啪啪关门的声音。原来在患儿家长中流传着一个说法，说是如果让自己的娃娃看见死去的孩子，亡灵就会把娃娃一同带走。明知这个说法没有任何依据，女儿还是立刻用身体将璐璐挡在了后面，我则用双手蒙住了璐璐的眼睛。我发现璐璐的身子战栗了一下，突然伸手环抱住妈妈的腰部，将脸紧紧地贴在妈妈的后背上。我对璐璐耳语："璐璐不怕，外婆和妈妈保护着你呢！不过以后你要好好配合治疗，否则也会像这个姐姐一样永远看不见爸爸妈妈和我们了！"璐璐什么也没说，只是一动不动地紧紧抱着妈妈。这是璐璐第一次面对一个孩子的死亡，第一次真切地闻到死亡的气息。我不知道这件事对璐璐幼小心灵的冲击有多大，也不知道她在那个晚上经历过怎样的心路历程，总之，孩子似乎在一夜之间长大了。在接下来的化疗中，她不再哭闹，吃东西吐了后漱漱口再吃，吃药吐了后再接着吃；个人卫生也不需要人督促，自己就会自觉坐浴消毒，尽管戴口罩很不舒服，也坚持长时间地佩戴口罩；连她最害怕的"骨髓穿刺"和"打鞘"，也不需要我们陪伴，而是自己走进治疗室接受手术。手术中不仅配合医生护士，而且咬紧牙关不吭一声，最后连做手术的医生都感动不已，她特意到病房对我们说："张璐璐太坚强了，坚强得让我都不忍下手！"说这话时，医生眼里包着一汪泪水，几度哽咽——有时候一个孩子的坚强会戳痛人心底最柔软的爱的触角。这时的璐璐，已全然成为整个白血病患儿中最坚强的孩子，医生护士也把璐璐作为榜样，对那些哭闹着不肯配合治疗的孩子最常说的话就是："你应该向张璐璐学习，要像张璐璐一样勇敢！"而我们却为璐璐的乖巧、勇敢和坚强心疼——那是一种心尖上发颤、深入骨髓的心疼，这种心疼不知怎样描绘、如何表达——因为这一切都证实着一个问题：孩子求生的欲望是多么强烈！她多么想早点治好病，早点回家，和深爱她的爸爸妈妈、爷爷奶奶、外公外婆、妹妹和所有的亲人朝夕相处；早点回到学校，和老师同学在一起，愉快地生活、学习，健康快乐地长大啊！

病房里患儿像走马灯似的来了又走，走了又来。一天临床又收进一个叫倩碧的女孩。这是个九岁的漂亮女孩，圆圆的脸，大大的眼睛，剪着齐耳短发，性格开朗、活泼、健谈，一进病房见到璐璐便笑着打了个招呼："妹妹好！我叫倩碧，你叫什么名字呢？"

"我叫璐璐。"璐璐回答。

"我们以后做朋友好吗？"

"好的，我叫你倩碧姐姐吧！"

"我上三年级了，你上几年级？"

"我上二年级。"

"我最喜欢唱歌和运动，我跑步得过第一。"

"我最喜欢跳舞，也喜欢弹钢琴，我还喜欢看芭比的书呢！"

两个小女孩愉快地交谈起来，你一言我一语很快就知道了各自的情况，说到高兴处，俩人竟哈哈大笑起来。这是璐璐自生病住院以来和别人语言交流最多也是最高兴的一次。我对倩碧的爸妈说："这俩孩子有缘，见面自然熟。"看到璐璐明媚的笑脸，我心里有些高兴，眉眼也舒展开来。倩碧的爸爸妈妈却依然愁容满面，他们告诉我，这孩子是淋巴细胞白血病，属于中危类型，已经是第四个疗程了。这娃娃最大的问题是不愿意吃药，真是愁死人了。一会吃药的时间到了，璐璐很快便将三妈递给她的药吃了，看倩碧果然不肯吃药，爸妈怎么哄就是不吃，璐璐便说："倩碧姐姐，还是把药吃了吧，要不病怎么好呢，病好了好去上学呀。"倩碧听璐璐这么说才把药吃进嘴里，可一会就全吐了。倩碧的爸爸重新拿药喂她，可不管怎么劝，就是不吃。倩碧的妈妈难过得哭起来，我忙把她叫到过道的尽头。她的眼睛红红的，脸色苍白，整个人很憔悴，三十多岁的人，看起来却像四十多岁。我给她说了璐璐的情况，安慰她孩子有个适应的过程，家长要有信心。她对我说："女儿现在这个样子，又不肯配合治疗吃药，恐怕活不长了。最关键的是，家里经济很困难，孩子的药费虽然学校给买了保险，国家对白血病患儿也有特殊政策，但你知道很多药都是自费，医生告诉我们至少得准备二三十万，如果要做骨髓移植还得再花几十万，我和她爸都给人打工，挣钱不多，孩子不生病我们还基本过得去，可一生病，还是这样的重病，天就塌了。现在家里已经欠了很多债，亲戚朋友都不肯再借钱给我们，说与其这样，还不如放弃治疗，让孩子回家自生自灭算了，以后再重新生一个。你说我们这当父母的，怎么可能眼看着她一天天走向死亡？这是一条活鲜鲜的生命啊！可是，钱呢？我们没有钱啊！”倩碧的妈妈抽泣着，不停地擦着眼泪。我心里难受极了，眼睛也噙满了泪水，我说：“放弃治疗对孩子太残酷了，一朵花还是花骨朵，没绽放就枯萎了，太可惜，还是尽力治疗吧。”

“唉，我晓得住院的好些个娃娃都是我们这种情况，都回家吃别人介绍的偏方，能挨多久就挨多久了。”

“你们想过找学校、政府在社会上发起募捐没有？多少能解决点问题的。”

“已经募捐过了，可钱不多。”

“那找过媒体吗？找报纸、电视台的记者报道一下，或者找红十字会，可能效果更好点儿。”

“我们不认识报纸、电视台的记者，也不知道该怎么去找红十字会，这事不好办的。”

“那这样，我帮你们去找医院，请医院去请他们。”

“谢谢你了，我们素不相识，你这样帮我们，真是太感谢了，可是如果这样我们一家人就暴露在公众前了，觉得不太好，那样做，脸面都没有了，我们以后的日子还得过下去，虽说只是个普通人，可也有自尊呀！要是有关部门调整政策，多拿点钱对患白血病的孩子进行救治就好了。”听她这么说，我一时语塞，竟不知说什么好了，心里却想，看个感冒也许都要花几百上千元，更何况是这样的大病？为了治病，倾家荡产，负债累累，基本生存能力都受到影响，连我们这样有一定经济能力的家庭，都感受到沉重的经济压力，那些收入低微的普通家庭，不更是雪上加霜，陷入绝境吗？

半个月后，倩碧的情况一日不比一日，她父母硬着心肠办理了出院手续。临走时，璐璐和倩碧难舍难分，璐璐送了一本书给倩碧作为分别礼物，倩碧也送了一支铅笔给璐璐。两人约定，倩碧到医院看病就到病房来找璐璐玩。

一个月后，紫影到门诊去取药，看见倩碧和她的爸爸坐在长椅上等待打针。倩碧的情况更加糟糕，全身包括面部都出现出血点，嘴唇乌紫，鼻孔有血痕，整个人的精神状态和住院时判若两人。紫影叫她，她无力地点点头，连说话的力气也没有了。紫影心里难受，快快取了药回到病房，哽咽着说："刚才看见倩碧了，估计死神要来接走她了。"璐璐听见了，没说话，眼角滴下了一串清亮的泪珠。

八

走廊外响起了几声清脆的敲门声，是璐璐学校的几位老师到了，女儿快步上前开门。门外站着璐璐的班主任李老师和教数学的文老师和教英语的周老师，他们微笑着，手里提着水果、玩具和书籍。我忙拿出早已备好的拖鞋请他们换上。进屋后，文老师环视了一下客厅说："哇，这家里太干净整洁了，说纤尘不染一点儿也不夸张呀！"我苦笑了一下，说："璐璐这个病对环境卫生要求很严，她每次回家我们都得里里外外彻底清洁消毒，做无菌处理，空气净化机也得一天二十四小时开着。刚才请你们换鞋，真的很不好意思。"

"快别这样说，就是辛苦你们了！知道璐璐回家休息，我们几个来看看她。"文老师说话的声音清脆，如她平时行事的风格——爽快。

我把老师迎进屋请他们坐下，便去斟茶。女儿向里屋喊道："璐璐，快出来！你的几位老师看你来了。”房间里却没有动静。我走到璐璐的房间，见璐璐仍然躺在床上，没有起来的意思，便说：“我前几天给你说过老师要来家里探望你，今天老师来了，快起床到客厅去。”可璐璐还是一动不动地躺着。我对璐璐笑笑，说：“你不是经常想念你的老师和同学吗？怎么今天老师来了你却这样呢？”璐璐憋了好久才说：“我现在不想让他们看到我！”“为什么？”我奇怪地问。璐璐不再说话，将身子侧到另一边。我恍然大悟：这孩子是爱美之心在作祟！我连忙走出房间把门关上，对客厅里的三位老师说：“真对不起，璐璐整天都在想你们，可你们来了她却又怕见你们，估计是因治疗用药长胖了，头发剪短发型变了，所以不好意思出来见你们。”三位老师听了脸上掠过一丝淡淡的笑意，笑里却含着酸楚的味道。文老师立刻说：“算了，她不想出来见我们就不要勉强，我们完全能理解璐璐此刻的心情。”班主任李老师走到璐璐房间的门前，语气轻柔地说：“璐璐一直是个漂亮爱美的小姑娘，特别是穿公主裙的时候非常可爱，老师都很喜欢你。现在的你不仅漂亮，而且坚强，我们都知道你在医院与病痛做斗争的事，老师和同学都很佩服你，你是我们全班和全校同学的骄傲呢！知道吗，璐璐？”璐璐隔着门说了声：“知道，谢谢老师来看我！”听见李老师表扬自己，璐璐说话的声音显得有些高兴。文老师在沙发上坐着，脸向着璐璐房间，接着李老师的话说：“我们老师和同学都很想你，你要坚强，好好治病，病好了就赶快回学校上课。你不是很喜欢我们学校吗？苏校长说，要我们代她向你问好，希望你尽快回到学校。璐璐你听到了吗？”“听到了，我好想回学校上课啊！”璐璐说话的语气中竟透出一丝兴奋。这时坐在单人沙发上一直笑意盈盈的周老师挪动了一下身子，把放在茶几上的玩具和书拿在手里，朗声对璐璐说：“快过‘六·一’节了，老师送你一个小熊毛绒玩具和一套英语绘本，待会儿你看看，希望你能喜欢。我们知道璐璐英语学得很好，要是喜欢这种绘本，以后老师再给你买，好吗？”

“好的，谢谢老师！周老师，你说我以后还能再去参加英语演讲比赛吗？”

“当然可以呀，你很有演讲才能呢！要不是你生病住院了，上次的演讲比赛肯定会一路取胜呢！”

我见璐璐和老师聊得高兴，便趁机说：“璐璐，老师一会儿要回学校了，你出来见见老师好吗？”璐璐突然不说话了，李老师忙说：“璐璐婆婆，不要勉强她，下次璐璐病好点儿就会见我们的。只是还有件事要和你们商量，璐璐落下的课程需不需要补？”女儿忧郁的眼睛突然一亮，说：“这个问题我正想提出来呢。我一直很担心璐璐落下的学业，她自己也在问我耽误了课程以后上学跟不上同学怎么办。如果能够补课我太感谢了，可以利用她治疗间歇的时候补。”

“那就她回家休息时，我们安排时间到家里来补课。”

“太感谢你们了，语文课由我来补，数学和英语就要麻烦老师了，到时我们会给补课费的。”

“哎呀，我怎么忘了，璐璐妈妈本身就是重点中学的语文老师，你给她补语文当然最好了。”李老师一副恍然大悟的样子把我们都逗笑了。“现在暂时不说补课费的问题，只要璐璐既能治病，又不耽误学习，我们老师也很高兴的。”其他两位老师对紫影一脸认真地说。此后，凡璐璐疗程间隔期间，补课都在进行中，璐璐的课程知识点，一点也没耽误。

我坐在沙发上听着老师们和女儿的对话，心里百感交集，不由得感叹：“多么好的老师啊！谁说‘人心不古，世风日下’？在璐璐生病的日子里，我们周围无论是亲朋好友还是璐璐的学校老师都给了璐璐极大的关怀和爱护，我们这个社会，虽然还有一些诟病，有不尽如人意的地方，可真、善、美依然是我们社会生活的主流！”

送走老师后，我进到璐璐的房间，说：“你看老师多关心你啊，可你今天表现有点儿不礼貌啊。”璐璐说：“我现在一点儿都不好看，我就是不想让她们看到我现在的样子！”看着璐璐执拗的神情，也不便再说什么，只是感觉这孩子自生病住院以来一直与外界隔绝，恐怕出现了心理问题，有点自我封闭，得采取措施慢慢疏导才行。

为此，忻诚和紫影决定在璐璐过八岁生日时，在家里举行一个生日派对。出于对环境和空气质量的严格要求，参加的人不宜多，除了自家人，仅邀请与璐璐玩得最好的萱萱和她的爸妈参加。

生日这天，适逢璐璐第六个疗程结束。头天晚上紫影就把女儿接回了家。家里像过节般充满了欢声笑语，璐璐和一岁半的妹妹苗苗穿着同款式粉蓝相间的连衣裙，短发上别着漂亮的粉色发卡，人显得很精神。餐桌上摆放着一个大大的生日蛋糕与菜肴，生日蛋糕上插着八支蜡烛。当欢快的《生日歌》响起，在大家的祝福声中，璐璐微闭双眼，双手合十，在心里默默许愿。璐璐很兴奋，将切好的蛋糕一一送到大家手中，看着亲友和爸爸妈妈送给她的芭比娃娃、凯蒂猫玩具、《儿童经典童话》书和漂亮的衣裙等生日礼物，吃着香甜的蛋糕，笑得一脸灿烂。随后便与好朋友萱萱离开客厅躲进了房间。一会儿两人从房间出来，各自手中拿着无线话筒，向众人鞠躬敬礼。璐璐稚声稚气地说：“各位长辈、各位姐妹大家好！今天是我的八岁生日，我的生日聚会现在开始！由我和萱萱给大家表演自己编排的节目。”话音刚落，大家便鼓起掌来。两人表演了街舞、模特走秀。当表演小品《小兔智捉偷菜贼》时，惟妙惟肖的表演把大家逗得哈哈大笑。而接下来的彩带表演则更精彩，只见璐璐手握缠着长长粉紫色丝带的彩棍，随着音乐的伴奏，挥动手臂，丝带便在空中飘舞，随着形体动作的不断变换，彩带忽而舒缓飘落忽而激越转圈，看得大家眼花缭乱，掌声便在客厅荡漾开来。紫影小姨说：“璐璐哪像个生病的娃娃呀，这不和原来的那个璐璐一样吗！”的确，我是多么愿意相信这就是我原来那个活泼健康的外孙女呀！可是那手臂上缠着的那块刺眼纱布——那是埋在血管里注入药物的针管，却分明在提醒我，璐璐是个正在接受化疗的白血病孩子！而此刻的璐璐却完全沉浸在快乐之中，那灿烂的笑脸、那银铃般的笑声、那轻灵的舞姿向我们展示着她的纯净、自信、坚强与对美好未来的向往。不知怎么，我突然眼睛湿润，鼻子发酸，忙起身进入房间，任泪水在脸颊奔流……

日子在希望中前行，第八个疗程终于结束。整个化疗期间没有出现感染，璐璐的血液化验结果总体往好的方向发展，王教授对璐璐的病情做出了“完全缓解”的结论。这四个字宛若春风，融化了我们心中的冰块，又如阳光，驱散了心中的阴霾。它意味着疗效明显，药物干预达到预期，璐璐可带药出院，定期到院复查；意味着璐璐终于走出死亡的阴影，生命之花将又一次在风雨中绽放。紫影难抑激动的心情，用颤抖的手在那本厚厚的、记录每天用药和体征变化的笔记本上写下十个大字：“璐璐胜利了！不用住院了！”这十个字中有两个字如水墨画般被晕染得有些模糊，那是被紫影落下的激动的泪水浸染，也是数月来焦虑与压抑、绝望与希冀瞬间情感释放的真情告白！

2012 年 9 月 25 日上午，家里再次如过节般充满了喜悦的气氛。亲友们早早地聚集在家里，翘首盼着璐璐的归来。久违的欢声笑语在客厅弥漫，两台空气净化机不停地运转。厨房里热气蒸腾，飘出阵阵扑鼻的香气，小许正在为璐璐做一道她最爱吃的清蒸鲈鱼。餐厅的餐桌上白色的餐具泛着柔和的光泽、玛瑙色的葡萄酒红艳欲滴……

“咚、咚、咚”，门外响起了清脆的敲门声。“姐姐，姐姐！”璐璐的妹妹苗苗指着门，奶声奶气一迭连声地叫着。门开了，当身着粉色外套和超短裙、白色打底裤、粉色高筒靴，头上戴着白底粉点花边小帽的璐璐跨进门的一瞬间，亲友们眼前一亮，随即响起“璐璐回来了！”“璐璐真漂亮！”的赞叹声。璐璐略显浮肿的脸庞还是那样稚嫩可亲，嘴边依旧挂着熟悉的微笑，充满灵气的双眼透着天真无邪，头发虽然已全部掉光，但那顶漂亮的帽子却让璐璐显得格外清纯可爱。这时的璐璐似乎没有了病魔的缠绕，没有了病痛的忧伤，只有回到家后的满足和幸福。她径直走到苗苗身边，牵着苗苗的手说：“走，姐姐带你玩去！”

九

金秋十月，蓉城秋高气爽，平时难得一见的蓝天白云也露出了羞涩的微笑。大街小巷遍植的银杏树在深秋到来之前，依然葱绿一片，各色时令鲜花正姹紫嫣红地怒放，天府广场造型各异的盆花在音乐喷泉的映衬下显得格外娇艳，为即将到来的国庆增添了节日的喜庆气氛。我们的心情也由阴转晴。璐璐的病有望治愈的希望之光，似乎在远处向我们露出了灿烂的笑容，蓉城的这个秋天，在我们眼里便格外明媚艳丽。

傍晚时，忻诚和紫影驾车在双向八车道宽阔美丽的天府大道上行驶。大道两侧鳞次栉比造型独特的高楼大厦霓虹灯闪烁，道路中间宽阔的花台上，银杏树笔直挺拔，灌木造型别致，鲜花娇艳欲滴，延绵数十里的玉兰花型的街灯灯光璀璨，宛若星辰的车流川流不息，使成都这个新兴国际化大都市呈现出活力四射的魅力。紫影盯着车窗外迎面扑来又急速后退的迷人景色，禁不住脱口说道：“好美的天府大道呀，成都变化真是太大了！”忻诚侧过脸看了下紫影，笑着说：“你这段时间的心思和精力都放在璐璐身上，当然不知道外面的变化了，我看你是得放松一下了。”紫影长长地叹了一口气说：“就是，现在璐璐回家了，我真得好好放松一下了。”

“要不这样，我们利用国庆长假出外旅游一次。前几天我爸在无锡的朋友袁伯伯打电话给我，邀请我们去他家。我们两家是世交，他给我们准备两辆商务车，我们带上全家人飞到无锡，然后来个自驾华东游，你看可不可以？”

“好呀！可璐璐怎么办？璐璐刚出院，身体这么虚弱，对空气和环境有很高要求，不能带着她到处跑的。她留在家里我也不放心，算了，还是不去了！”

“你现在需要调整一下自己的身心，外出旅游是个不错的选择，再说我妈也从来没到过上海、杭州，对了，还有外婆。外婆都八十岁了，也没到这些地方去过。另外也可以让杨姐带苗苗和我们一起去，全家人难得有这样的机会，还是去吧。”

“把璐璐留在家里，我真不放心。要不你们去吧，我在家里陪璐璐。”

“我看你还是一起去吧！这样，我给小姨说一下，麻烦她到家里来住几天。小姨是医学院毕业的，有她和阿姨小许照顾璐璐，有什么不放心的？”紫影见忻诚这么说，也不好再坚持，更何况太了解忻诚，他若决定的事，一般很难改变。“好，那就去吧！”见紫影同意了，忻诚立刻拨通了袁伯伯的电话，并上网购买了去无锡的机票。

国庆前夕，全家人飞到无锡，沉浸在与老朋友相聚的快乐之中，然后由忻诚爸爸的老友袁伯伯夫妇陪伴，儿子和女婿开车，开启我们的华东之旅。当我们在黄浦江畔欣赏大上海美丽的夜景；在繁华的南京路上比较上海与成都这两个大都市各自的文化与魅力；在杭州西湖品味苏堤柳荫的诗意、夕照断桥和雷峰塔的靓影；流连于苏州园林的古典之窗、岁月之门，感叹园林精致典雅、曲径通幽，宛若进入梦幻空间的独特魅力；在烟波浩渺的太湖泛舟，在无锡繁华的街市徜徉，进入中国民间音乐家华彦钧（阿炳）简陋的故居，听《二泉映月》的绕梁之音，沉浸在忧伤而又意境深邃的乐曲中，感受着阿炳伤感怆然和昂扬愤慨之情，体味着阿炳对生活的热爱和憧憬时，却不料一场灾祸正劈头向我砸来。

那日夜晚，我们回到无锡居住的宾馆，因感念阿姨小杨整天带着苗苗旅途劳累，便催促她带苗苗早早入睡，我去到卫生间洗苗苗换下的衣服，却不料脚下一滑，重重地侧身摔在地上，手脚顿时失去知觉，不能动弹。全家人慌作一团，丈夫和女儿、女婿立刻把我送到医院，经拍片检查，右手腕粉碎性骨折、右髋骨骨裂。当晚对手做了紧急接骨处理，而髋骨骨裂的问题，医生认为必须做手术，建议马上办理入院手续。

我躺在急诊室的病床上，疼痛让我一夜无眠，想到外孙女璐璐的后续治疗还需要我的照顾，却在这时意外摔伤，真是祸不单行，心里不断谴责自己为什么做事这么不小心。可又转念一想，莫非冥冥之中上苍有意做此安排？但愿我能用这飞来横祸换得璐璐病情的彻底治愈！如此一想，心便淡定，并做出决定，待天明后立即飞回成都治疗，因为只有回到成都，才能为我随时了解和掌握璐璐后续治疗情况提供方便。众亲友在我的坚持下只得同意，于是与机场取得联系，返蓉途中得到川航一路特殊关照。飞机降落后丈夫和女婿将我直接送进了医院。很快，医生为我施行手术，在骨裂处打进三根钢钉，并将手腕用夹板固定。医生告诉我，手术虽然成功，但出院后至少需要半年时间才能恢复。这意味着我将有很长一段时间不能行走，要在轮椅上度过漫长的时光。

十月中旬，紫影和忻诚带着璐璐和全部病历资料飞到北京，到北京某知名医院血液科做全套检查，结果令人欣慰，璐璐的病情得到有效控制。这让紫影和忻诚对璐璐的康复充满信心，而璐璐也兴奋不已，脸上露出了灿烂的笑容。“爸爸妈妈，带我到天安门和故宫去吧，我想亲眼看看天安门是什么样子。”璐璐拉着妈妈的手左右摇晃着，眼里充满渴望。

“恐怕不行哦，这些地方人多，还是不去的好。”

“可是我都到北京了，真的很想去看看呢，你带我去吧！”璐璐见妈妈不同意，委屈得带着哭音央求着。

“璐璐从没到过北京，这次来了让她游览一下首都我看还是可以的，只是随时都要佩戴口罩，注意冷暖，选几个有代表性的景点看看，就满足一下璐璐的心愿吧。”忻诚的话音一落，璐璐眼眶里还含着泪水，脸上却笑开了花，说了句：“还是爸爸好！”便扑向忻诚，依偎在爸爸怀里。

北京的秋天，是一年中最美的季节，天空高朗、明媚，温暖明亮的阳光柔和地洒在红色的枫叶、金色的白杨叶、争奇斗艳的鲜花和雄浑壮丽的古典建筑、气势恢宏的幢幢现代摩天大楼上。风暖暖的，摇晃着树叶和花儿，抖落下细碎的阳光，抚慰着璐璐病弱的幼小身躯。璐璐便在十月的阳光里，在天安门广场、故宫、北海公园、颐和园、鸟巢、水立方、中国科学技术馆等世界闻名的古迹和景点，留下了稚嫩的脚步、舒畅的呼吸和快乐的身影。这个世界的缤纷多彩、生命的美好便在她幼小的生命中留下深刻的印记。那些照片，特别是那张在紫禁城里穿着格格装的照片（此后璐璐不可救药地迷上了清宫服饰），明亮纯净得宛若清泉的眼神，充满了对生活的热爱和好好活着的渴望。

“外婆，我回来了！”当紫影和忻诚带着璐璐走进我的病房，璐璐甜甜的叫声把我从睡梦中唤醒，我惊喜地看到，从北京回来的璐璐，脸上没有疲惫的神情，原本没有血色的脸上出现了一丝红晕，人显得很兴奋。我已有二十多天没见到璐璐，自然心里高兴，嘴上却责怪女儿、女婿不该带璐璐到医院看我。女儿和女婿说怎么也拦不住她，非要来医院看外婆，只好带她来了。女儿把到北京看病和检查的情况简要说了一下，璐璐则绘声绘色地给我讲了在北京的见闻，病房里不时响起我们愉快的笑声。

十

可天有不测风云，我们高兴得太早了。因为阳光后面总有乌云，白云背后总有阴影。几天后，璐璐突感不适，牙痛时隐时现，紫影和忻诚急忙带璐璐去医院血液科检查，检验结果显示璐璐病情复发！王教授异常震惊，阴沉着脸对女儿说：“化疗八个疗程结束后才二十多天，在这么短的时间内复发，意味着已对化疗药产生抗药性，最后的手段只有进行骨髓移植，孩子将凶多吉少！”这突如其来的变故瞬间将我们的希望击得粉碎，女儿几近晕厥，全家人沉浸在一片恐慌之中。

在度过了最初的剧烈心理冲击后，忻诚迅速恢复了往日的沉着冷静，如同应对商场上的云谲波诡、瞬息巨变，从容镇静地提出了三条应对措施：第一，由紫影的小姨替代我的角色，协助紫影与医生进行沟通，随时掌握病情；第二，可以考虑将璐璐送到美国治疗，并尽快办理签证和就医的相关手续；第三，在医院附近租一套房子，让紫影、小姨、三嫂三个人住在那里，轮流到医院照顾璐璐，阿姨小许专门为璐璐和三人做饭，以充分保证孩子能随时吃上想吃的饭菜，保证照顾孩子的三个人能吃好和休息好，以保持充沛的精力。女儿听后担心既要租房，后续还要到美国治病，经济负担太重，便提出不用租房。但忻诚认为过去大半年时间，每天三顿饭都是璐璐的外公开车送到医院，有时路上堵车璐璐就不能按时吃饭，而照顾璐璐的几个人长期在医院打饭吃也难免腻味，白天黑夜地照顾璐璐本来就非常辛苦，如果再吃不好睡不好，再好的身体也会拖垮。女儿听忻诚说得有道理，只好按忻诚的意见办。小姨跑了很多地方，最终在离医院很近的一个住宅小区里租到一套两居室的房子，四人很快在那里安定下来。以后的情况证明，忻诚的这个决定是非常正确的。

而此刻我和丈夫不仅悲伤，更担心这突然而至的巨额医疗费怎么解决。夜晚我独自一人躺在医院的病床上，心里既牵挂着璐璐，同时被这个问题困扰，心烦意乱得无法入睡。而忻诚家里客厅则灯火通明，一家人正围坐在沙发上，商量着璐璐的事情。忻诚见大家忧心忡忡的样子，便故作轻松地说：“璐璐的病情复发已是事实，我们都不希望这种情况发生，可偏偏事与愿违。我们没有别的选择，只能面对。”

“这几天我心里很矛盾也很纠结，作为璐璐的外公，我希望最大限度地救治她，也很感谢忻诚为璐璐所做的一切，因为这不是一般人能做到的。但我们也不忍心给忻诚造成这么大的经济压力，毕竟忻诚不是璐璐的亲生父亲啊！”我的丈夫满脸焦虑，说到动情处，嗓音有点颤抖。

“爸，你快别这样说。璐璐虽不是我亲生的，但我很爱她，我就是把她当亲生女儿看的，所以我还是坚持那个观点，只要璐璐还有百分之一的希望，我就要做百分之百的努力。至于钱的问题，我会想办法解决，总之，我不会让紫影失去这个女儿，你们就别操心了。”忻诚的父亲心疼地看着儿子说：“这下你恐怕负担更重了，这个担子不轻呀！”忻诚的母亲坐在沙发上一直没说话，这时却突然插嘴说：“忻诚的担子是重，但忻诚也说得对，要把璐璐当成亲生女儿看待。紫影自从和忻诚结了婚，对我们两个老人好得很，把我们从老家接到成都，和他们住在一起，照顾我们又周到仔细，我是逢人就夸我这儿媳妇的。说句心里话，我是把她当女儿看的。现在紫影遇到这么大的事，忻诚不给她撑起哪个给她撑起？不管花多少钱，都得给璐璐治病，哪怕借钱都要治！”忻诚母亲的一番话，说得大家点头称是，也让我的丈夫感慨不已。

第二天，丈夫到医院看我，把昨晚忻诚和忻诚母亲的话给我说了，心里又是感慨道：“有这样深明大义的母亲，当然就会有如此优秀的儿子。”心里这么想着，紧锁的眉头也松开了。我和丈夫商量，把我们的积蓄拿出来给璐璐治病。“我们的积蓄不是都用完了吗？紫影和张冀没离婚时，张冀从我们这里借了二十万元做投资，只还了五万，还有十五万元到现在都没还，前两年买房装修房子钱不够，忻诚还给了我们不少钱，难道你又存了点儿？”丈夫有些惊讶地问我。

“这两年又存了点儿钱，股市上还有点儿股票，但亏损严重，按现价全部卖了，大概能凑十八万。”

“管它亏不亏的，全部卖了吧，把钱都给紫影，虽然不多，但有多少算多少，也算是我们的一点儿心意！”两天后，我们的全部积蓄便转到了女儿的账户。

十一

天渐渐凉了，秋风一阵紧似一阵，黄叶从树上飞离枝头纷纷扬扬落下。原本特别喜欢秋日风景的我，此刻心却沉入秋天的萧瑟悲凉之中。想到全家人都在为挽救璐璐的生命而奔忙，我却什么也不能做，心里既焦急又无奈。突然想到，何不把挽救璐璐生命的过程用文字记录下来，岂不也是一件有意义的事！但我的右手无法使用笔和电脑，便尝试着使用手机上的备忘录功能，写下《璐璐病间札记》的标题。从这天开始，我用左手在手机上按拼音键，一个拼音一个拼音地构成词组，写下了两万多字的日记。下面择选几则日记，以还原当时的部分真实情景：

2012年11月10日　璐璐牙痛加剧，淋巴结肿大，肝脾肿大，关节疼痛，血象中多项指标都出现问题，骨髓穿刺结果显示90%是癌细胞，情况非常危急。加大化疗药物剂量后璐璐突然出现昏迷、抽搐等现象，立刻进行紧急抢救，是药物剂量加大引起高血压所致，准备转入初主任主管的骨髓移植病房。

下午，忻诚、紫影和紫影爸拜访了初主任。初讲这个病已不好治，可以尝试用国外的一种新药氯法拉滨。这种药在国内还没有进入临床运用，只是在做试验，现在要做好死马当活马医的思想准备。骨髓移植可以是父母的骨髓，这种配型前期风险大，但一旦移植成功，复发的可能性会小一点。如果在中华骨髓库配型，前期风险小一点，但复发的可能性大。张冀、紫影都做了骨髓配型，两人都可以，医生建议张冀戒酒戒烟，做好骨髓移植的准备。

11月12日　璐璐转入初主任的病房。重新制定了治疗方案。

11月13日　晚上7点通知张冀到医院附近的茶楼研究使用氯法拉滨的问题。晚9点，张冀及其大姐、二姐夫妇、紫影的爸爸和小姨在茶楼汇合，紫影因带苗苗的阿姨小杨回家休息，要照顾苗苗未能参加。

忻诚讲从了解的情况看，如果用这个药，要花一笔巨款，但不管花多少钱，只要有一线希望都要去搏一下。

小姨简要介绍了璐璐的病情和治疗情况，然后大家针对是否使用氯法拉滨这个美国产的新药进行了讨论，最后达成要尽快尽可能全面了解氯法拉滨在美国和国内使用情况和疗效的共识。

11 月 14 日　张冀二姐和小姨开始了解情况。国内此种药物处于试验阶段，且只有极少数医院用于试验。四川只有两家医院经国家批准将该药用于试验。

张冀二姐与在美国研制这个药物的公司工作的胡博士联系，他将这个药物在美国使用的情况和疗效通过电子邮件发了过来。

晚上，紫影和小姨带上璐璐的病历到 S 医院血液科。主任介绍，该院用此药只做了一例试验，以失败告终。

11 月 15 日　紫影的爸爸和小姨到了 C 医院血液科，主任看了病历后，介绍了 C 医院使用这种药的情况，共做了四例，只有一例成功，但后来仍复发未救治成功。据他讲，目前国际上新的观点是不一定要等全部杀灭癌细胞再进行骨髓移植。

下午小姨将美国发来的电邮资料和所了解的情况与初主任进行沟通。初主任认为，氯法拉滨疗效并不理想，成功率太低，且价格太过昂贵，没必要冒这么大的风险，用现有国内使用的药物，重新制定治疗方案。

11 月 16 日　开始使用新方案，已有效果。

11 月 17 日　紫影电告，璐璐的淋巴肿大已开始消散，但愿一切顺利，能做骨髓移植。

11 月 18 日　张冀妈妈的四个朋友到医院探望璐璐，说这个病治不好了，与其花这么多钱，不如捐给慈善机构或希望小学。璐璐听了，泪流不止。紫影非常生气，认为她们不该当着孩子的面说这些话。而我则感觉应该好好与张冀沟通一次，通过他做家里父母的工作。

11月19日　我给张冀打电话，再一次讲明我们的态度是只要有百分之一的希望就应做百分之百的努力，绝不放弃，绝不抛弃。要相信科学，相信医学的发展。下午两点多，张冀妈妈打电话给我解释，她们不是不治疗的意思，而是希望孩子尽快好起来，免得把这么多钱白送给医院，还不如捐给慈善机构等。我向她阐明我们的观点，并就璐璐未生病前在成长期间的学习、生活等各方面情况与她进行了沟通交流，同时提出做骨髓移植时希望他们也能在经济上出点力，至于数额我们不提要求，量力而行就可，以免日后遗憾。张冀妈妈表示同意。

随后张冀陆续给紫影的账户打了十七万元。我们认为张冀在目前经济状况不好的情况下给这个钱，已经尽了最大的努力。

…… ……

后来的事实证明，我的日记是非常有价值的，它真实地记录了璐璐和我们与死神的抗争和穿越生命的无疆大爱，也为我的这部作品提供了翔实的素材。

病魔不时地在捉弄我们，往往让我们刚看到一线曙光又跌入黑暗的谷底。就在我出院回家的第二天，紫影的电话让我悬着的心一下揪紧：璐璐的化疗药刚停，脖子淋巴又肿大，初主任说这在她几十年的从医经历中还是第一次遇到，也意味着她制定的新方案失败了。璐璐又一次处在生命垂危之中！

女儿在电话中说，忻诚和她认为必须立即同时启动使用氯法拉滨和办理到美国就医的准备工作。忻诚已经通过北京的一家医疗中介机构与美国的医院联系，准备马上去北京，据说治疗费用在二十万美元左右。忻诚说无论如何也要去搏一下，不能眼看着孩子就这么走了。我发现这时的女儿已经不再沉浸在悲痛之中，而是在历经磨难后变得坚强果断起来。

12 月 3 日晚上 7 点，紫影小姨急匆匆地走进紫荆西路的一个住宅小区，敲开了初主任的家门。今天初主任换休没有上班，所以与她约好到家里就璐璐的救治做进一步沟通。

穿着居家服的初主任显得娴静温婉，她热情地把小姨迎进客厅坐下，转身走进书房拿着一沓资料出来，满含歉意地说："对不起，让你跑一趟，本准备明天在医院与你谈的，可你说想尽早与我沟通，就只好请你到家来了。"小姨笑笑，说："是我对不起你才对，你在休息我还来打扰你，因璐璐情况紧急，也是不得已才来麻烦你的。幸好我姐与你住在同一个小区，这也是缘分吧！"

"快别说麻不麻烦的话了，我是医生，又和你姐是邻居，你也是学医的，我们平时沟通交流都很顺畅，否则我也不会叫你来家谈的。"

两人的客套话一下拉近了彼此的距离，所谈内容虽然沉重，却可毫无顾忌敞开谈了。

初主任的脸色凝重起来，她说："已经运用了三种方案都不行，孩子的病情并未缓解，只要一停化疗药淋巴就肿大，这种情况在我几十年临床经验中十分罕见。这段时间我一直在查找收集国内外的资料，研究治疗方案，希望有所突破。准备上氯法拉滨，不单纯用此药，采用联合用药，可以降低治疗费用。"

"可以，我就是想和你商量使用氯法拉滨的问题。璐璐的继父讲了，用这个药，要花一笔巨款，但不管花多少钱，只要有一线希望都要去搏一下，尽一切力量挽救孩子生命。希望初主任不要有任何顾虑，放心大胆去实施治疗方案。"小姨话音刚落，初主任的眼里倏地闪过一道亮光，脸色由凝重转为柔和，她有些动情地说：“璐璐真是不幸中的万幸，有这么好的家人愿意不惜一切代价地救她，我确实很感动！像你们这样通情达理又理解医生的病人家属也不多见，我同样感动！现在医患关系很不好处，矛盾很大，像白血病这种病，治疗难度很大，医生所承受的精神压力是很大的，而患者及家属所承受的精神和经济压力也很大，很多病人家里砸锅卖铁，四处举债，孩子还是没有救活，有些病人家里实在没钱，还利用媒体向社会求助，帮助患儿。其实医生如果治好了病人，我们比什么都高兴，如果病人没治好，这种难受和痛苦并不亚于患者家属。我有时脑中会闪过这样奇怪的念头：去菩萨面前烧炷香，保佑我治疗的孩子都好起来。我知道这样的想法有多荒唐，我也绝不会那样去做。但为什么会产生这样的念头，说明我内心的压力非常大。但有很大部分患者家属并不理解医生，有些还到医院闹事，至今都还有死者家属找我算账，我内心的痛苦和担忧是常人难以理解的。在全国医院里做骨髓移植的一般都是男医生，女的做这个手术和研究的很少，因为要承受巨大的压力，但既然选择了这个，我就会义无反顾地走下去……”初主任的话还未说完，眼泪早已流了下来。小姨心里也很难受，毕竟是同行，苦辣酸楚她也清楚，便急忙安慰她：“初主任，我们是相信你的，你也尽力了，你放心大胆地去做吧，不管是什么结果，我们都会感激你的。”小姨起身离开时，初主任伸手握住了她的手，紧紧地握了一下，许多的言语便在两人的掌心间无声地传递……

十二

从初主任家出来已是晚上 10 点，紫影小姨急忙来到我家里。此刻紫影、忻诚和我们正在家里焦急地等待。紫影小姨把与初主任沟通交流的情况说了一下，大家感觉情况越发不妙。女儿焦急地说：“那就配合初主任提出的治疗方案，尽快使用氯法拉滨。”

“对，明天就办这事。我们现在是在与病魔赛跑，是一场与病魔争夺生命的战斗。我已经与北京的一家医疗中介机构取得联系，将璐璐所有的资料快递给了这家公司。他们告诉我已经在翻译资料，最快明天上午就可以将资料传给美国，看哪家医院可以接收，后天回复我们。我们要做好两条腿走路的准备，一方面想办法快速办好到美国就医的相关手续，由紫影、小姨和小姨父陪同。璐璐曾随金苹果小学参加过新加坡的夏令营活动，出国护照是有的，其他人找渠道速办护照，做好一切准备工作。至于钱的问题由我去筹集。另一方面在办理出国手续的这段时间，请初主任继续治疗。使用氯法拉滨药物和到美国的问题应该给张冀通报一下，尊重他的意见，让他知道我们的想法，好统一思想，形成合力。”

第二天，医疗中介机构的彦博士给忻诚打来电话，告诉我们美国有两家医院同意接收张璐璐赴美就医，请速到北京办理相关事宜。

忻诚和小姨立刻买了机票飞到北京。出机场后打了一辆出租车就往医疗中介机构奔去。忻诚心里着急，催司机把车开快点。出租车司机是个三十多岁的年轻人，操一口纯正的京腔，问忻诚是否有急事，忻诚便对他说了璐璐生病和要送美国求医的事。这位司机得知情况后说：“孩子得这个病真是不幸，但你这个父亲为救女儿还真是豁出去了，一般家庭如果遇到这种情况恐怕就没有这种条件了。不过话又说回来，自己的骨肉血浓于水，这样的付出也是应该的。”这时小姨对那司机说：“这小女孩不是他的亲生女儿，他是继父！”那司机非常惊讶：“啊！是继父呀！”随即对忻诚伸出大拇指使劲晃着，嘴里啧啧几声说：“不简单哪！我今天可是开了眼啦，原来只出现在小说和电视剧里的事，今天让我亲眼看到了，你是个大好人啊！”小姨接着那司机的话说：“是啊，但凡知道这件事的人，都说我这侄孙女是前世修来的福，有个这么善良、这么好的继父，可却得了这种病！”忻诚听了，却不认为是这样，说：“这有什么，都是应该的，既然璐璐叫我爸爸，我就得承担起做父亲的责任。但愿能挽救璐璐的生命，我们一家人能好好生活在一起！”那司机对忻诚说：“我姓金，名涛，你记下我的电话号码，以后到北京就提前给我打电话，我到机场接你，保证不误你办事，我也为挽救这小女孩的生命出一份力！”忻诚高兴地说了声谢谢，记下了金涛的电话。

说话间，目的地到了。此刻，中介机构的负责人蔡总在办公室等着忻诚的到来，他从彦博士那里了解了璐璐的病情，当知道尽一切努力挽救小女孩生命的人是继父这一情况后，甚为感动，他想亲眼见见这位善良仁义的父亲，尽可能为小女孩提供一切方便。两人虽初次见面，却一见如故。一阵寒暄后，便直奔主题。蔡总说公司上下都非常重视张璐璐赴美治疗这事，已成立一个专门小组负责处理一切事务，会尽全力帮助她尽快到美国治疗。彦博士具体介绍了美国两家医院同意接收张璐璐赴美治疗的情况，并对忻诚讲了美国医生看病的方式。他说：“美国看病是讲究流程的，不像我们中国可以随时挂号就诊。美国家庭都有专门的家庭医生，患者生病要先找家庭医生做出基本判断，如果需要，由家庭医生帮患者转去专科医生那里检查、治疗，不行再转到对口或技术更好的医生那里，所以大型医院的所有专家都必须预约。这样就可以避免到了医院却发现看错科室，或者医生看的不是你患的病，并且去看病时，医生已经研究过患者病历，他可以和患者讨论治疗方案和措施。所以我们现在要做的就是预约医生。另外去美国的一切事宜由我们公司安排，会为孩子提供最好、最经济的服务。护送孩子去美国的人采用办理旅游签证的办法，争取在圣诞节前夕将签证办好。按合同约定，需收取五万八千元中介费，先交八千元定金，如果取消赴美不收取余下的五万元费用，但定金不退。”彼此沟通交流后，忻诚很快与这家中介机构签订了合同，并交纳了定金和办理签证的费用，提供了办理签证的所需证件。这就意味着璐璐赴美求医正式启动。这一天是 12 月 6 日。

十三

“爸，氯法拉滨到了，你快去机场取一下。”紫影接过机场物流打来的电话后，对刚送水果到病房的爸爸说了一声。“我也去吧，多个人好找地方，赶快把药取回来，马上要用了。”小姨把手中的药瓶放在床头柜上，便与紫影的爸爸快步走到医院停车场，开车往机场奔去。氯法拉滨经香港、广州到达成都机场，这是救命的药啊，经过十天的等待终于来了，大家心里祈祷着这药能为璐璐创造生命的奇迹。

药很快被放进了医院的冰箱冷藏。这一天是 12 月 14 日。

病房里，璐璐正在经受着病魔的折磨。这段时间，她常吵着要回家，她对妈妈说：“我想妹妹了，我要回家看妹妹。”又哭着说，“在医院里我就回不了家了，我要回去，要回家！”紫影听了，脸色都变了，“什么回不了家了，别乱说！璐璐能回家的，我们把病治好了，妈妈就带你回家！”紫影强力制止住璐璐的哭闹，其实是怕一语成谶，她好怕璐璐真的回不了家，她不愿意这样想，在她的潜意识里，对这个问题是排斥的。

而璐璐的生父张冀，似乎比紫影要理性一些。自从璐璐病情复发住进医院，他几乎每天都到医院看望璐璐，但话却越来越少，把凳子给他也不坐，常常是站在床边看着璐璐，一看就是一两个小时，或是用手机给璐璐拍照。有一次到医院时也许喝了酒，他找医生哭着说：“你们救救我女儿，我不能没有她，求你们一定要救她！”

看到张冀这样，所有人心里都明白，张冀的神经也是绷得紧紧的，害怕有一天会失去女儿。

而我也日夜挂念着璐璐，好久没有见到她了，心里想得发慌，便打电话给璐璐，问她想不想我到医院看她，她说：“我想外婆！”就这四个字，把人的心都融化了。我想无论如何都要去医院看看她，于是晚上丈夫将我背上车，带上轮椅和口罩到了医院。这是我受伤后第一次到医院看璐璐，以后便隔三岔五时常去了。当我坐着轮椅，穿过长长的走廊，推开病房的门时，璐璐见到我，高兴地从床上坐了起来，叫了声：“外婆！你坐轮椅来看我，我好开心呀！”我将轮椅滑到她的床前，伸手抱住她，亲了一下，便拿出在网上为她买的古装头饰步摇，递到她手里，她拿着在头上比画，又把在北京买的好几个簪子拿给我看。璐璐自从北京回来后，竟然迷上了清宫剧，特别喜欢看《甄嬛传》《步步惊心》等电视剧，喜欢清朝服饰，还喜欢在电脑上玩打扮清宫美女的游戏。为此，紫影特意给她买了一套漂亮的清宫服饰和配套的头饰。

紫影对璐璐说：“别玩这些了，快把你的作品给外婆看看！”璐璐伸手把放在枕边的一摞五颜六色的东西拿到我面前一一展示，原来都是她坐在床上照着一本折纸游戏书折的千纸鹤、帽子、衣服、花等东西。璐璐高兴地选了一个千纸鹤，用一根红绒线穿上套在头顶上，说：“你们看漂亮吗？”大家都说漂亮，璐璐的脸便笑得如花儿般灿烂，又在折叠的一朵红色花的花蕊上拿彩色笔写上“保佑”二字，对紫影说：“妈妈，我想把这些千纸鹤挂在床的四周，这些千纸鹤会保佑我治好病的！”因璐璐现在的病床四周都用软的塑料布与外界隔开，宛如挂了一顶蚊帐，紫影便和三嫂将千纸鹤用红线串起来挂在床的四周。璐璐又叫妈妈把刚才写有“保佑”二字的那朵红花挂在她面对的那头，突然对着那朵花双手合十，闭上眼睛埋头说了声：“保佑我的病快快好起来，好回家，好去上学！”璐璐的举动让我们一下愣住了，却也让我们明白，孩子对生的渴望是多么强烈，她多想早点回到温馨的家，回到朝思暮想的学校啊！

一会儿忻诚也来到病房，他刚处理完公司的事，脸上还带着疲惫的神情。见我也在，便说应尽快通知张冀到医院，就使用氯法拉滨的问题再次交换意见。

第二天张冀及其大姐、二姐和二姐夫到了医院，我的丈夫将治疗情况及璐璐的病情做了介绍，并说初主任要亲自给张冀介绍情况。

张冀到医生办公室找到初主任时，初主任正在看璐璐刚做的骨穿报告单。这份报告单非常重要，因为如果血液各项指标达到使用化疗药物的要求，就可以使用氯法拉滨了。她请张冀在桌子对面坐下，详细介绍了璐璐的情况后，神色变得严峻起来，她说："已经用了五套治疗方案，可以说国内能用的药都用遍了，但效果都不好，癌细胞仍然没被控制，只有用氯法拉滨试试了，也许还有百分之三十的希望，但风险很大，要有思想准备。"初主任的语气中蕴含着一种无可置疑又无奈的情绪，这使张冀既紧张又痛苦。"好吧，只好博一下了！但愿这药能起到神奇的作用！"张冀苦着脸对初主任说完，便回到病房看着女儿发呆。

当天夜里，璐璐的牙和腮帮子痛得很厉害，用头撞被子，在床上翻滚，大声哭着问紫影："妈妈我还有救吗？我为什么会得这种病呀？"之后双手合十，"求老天爷不要让我这么痛呀，要痛就痛别的地方嘛，为什么要让我腮帮子痛呀，让我的牙痛呀。"孩子的哭喊让人的心都碎了！紫影抱着女儿，不断擦着孩子额头、脸上的汗水和泪水，心疼得手发颤。三嫂急忙把值班医生请来，打了止痛针后璐璐才睡着了。

璐璐半夜醒来对妈妈说："我做了一个梦，梦见我输了氯法拉滨病就好了，我回家了，去上学了。妈妈，你哪天带我到学校大门去一次吧，我想看看我的学校。"紫影摸着女儿的脸，点了点头说："好的，我们哪天去学校看看。"

把女儿安抚睡了，紫影躺在躺椅上，一直忍着的泪水像打开的闸门般哗哗地流了出来。

十四

也许是偶然的巧合，或许是璐璐与她的老师同学有某种奇妙的心灵感应，第二天上午，璐璐收到了班主任老师托人带来的全班集体照。而这时，璐璐那个班的班主任已经换成了易老师。易老师在照片的背后写了这样一段话：

璐璐：虽然我俩从未谋面，但从同学的介绍中，我已经认识你了。希望你能早日回到七色花大家庭，认识我，让我成为你的大朋友。将这张全班集体照送给你，全班同学和老师给你力量！

易老师

2012 年 12 月

璐璐拿着这张照片看了好久，一个一个地辨认着同学，说着他们的名字，还在一个作业本上写下同学的姓名，脸上带着幸福的表情。而让璐璐更高兴的是，收到照片后的第二天，班主任易老师竟然带着八个同学到病房看望璐璐来了。病房里顿时充满了欢声笑语，八个同学像一群喜鹊般，叽叽喳喳地对璐璐说着如何想念她，以及盼望她早日康复回到学校的话。璐璐的眼睛和嘴角都笑得弯弯的，兴奋地和同学说着话。易老师将右手食指放在嘴唇上“嘘”了一声，同学们立刻安静下来。她慈爱地看着璐璐，轻轻拉着她的手说：“我姓易，你原来的李老师调走了，现在我是你新的班主任老师。我们都很想你，全班每个同学都想来看你，但医院不允许这么多人来，就选出了八个同学当代表，没来的二十四个同学都给你写了信，你看有这么多呢！”说着松开璐璐的手，从手提包里取出一个大大的信封和一个熊猫玩具交给璐璐，又对璐璐说了要好好配合医生，早日治好病回学校上课的话后，便带着学生们离开了病房。紫影送老师、同学们到电梯后返回病房，见璐璐的床上已摆满了五颜六色的各式信封和贺卡，这些都是同学们自己动手做的，上面写满了对璐璐的思念和鼓励。紫影顺手拿起一张红色的卡片，上面画着一只口衔红旗的小鸟，红旗上写着“璐璐，快回来！”小鸟的上方写着：

亲爱的璐璐：我知道你要做大手术了，一定会很疼吧？忍过这次大手术，就可以回到我们七色花班，认识新老师、新同学，跟我们一起玩耍……忍一忍好吗？

朋友！陶璟颐

紫影又拿起另外一封信，上面画着两棵大树，一棵树上写着这样的话：

树和我们一样，都是有生命的，春天长苗，夏天绿叶，秋天落叶，冬天无叶。人也是一样，有儿童、青年、中年、老年阶段。生病不要怕，自己要勇敢坚强，一定会战胜病魔。祝你早日康复，回到校园和同学们一起学习。

你的同学姚欣言

紫影看着孩子们发自肺腑的话，心里一阵感动，正想对璐璐说什么时，璐璐哈哈笑着将手中的一封信递给紫影说："妈妈，你看，这封信好好玩呀，他们叫易老师是易老太！"紫影接过信，见信是这样写的：

璐璐：今年班上来了一位新老师，我们都叫她易老太。易老太是语文老师，她和李老师差不多，就是没她那么温柔。我们班还来了个新同学，她叫陈艺璇，像你一样舞跳得可好了。希望你早日康复，天天开心！

雷萌秀

紫影和璐璐一封信一封信地看着，心里充满了对老师和同学的感激。

紫影对璐璐说："老师和同学都这么关心你，你可要勇敢坚强地和病魔搏斗，你能做到吗？"

"能做到！"璐璐两只眼睛扑闪着，一脸认真地回答。

"妈妈，我想给自己写封信。"

"什么？给自己写信？"紫影笑了，被璐璐这个天真可爱的想法给逗笑了，"那你准备写什么呢？"紫影边说边把床头的搁板架在床中间。从抽屉里取出纸和笔给她，便到护士站去询问璐璐骨穿的结果。璐璐用尺子在纸上打好横线，认真思考了一下便埋头写起来。紫影回到病房时璐璐已经将信写好，正准备装进自己制作的信封中。见妈妈来了，便将信给了妈妈。紫影接过迫不及待地看起来。只见这张纸的左边画着一个扎小辫的小姑娘，坐在床上正在看书，面前放着一束鲜花，还写有"加油、积极向上、天天开心"等字，右边写着：

> 亲爱的璐璐：希望你收到这封信能让你开心一点儿。璐璐，你最近好些了吗？我们都很担心你，一定要天天开心，要有信心，早日康复，战胜病魔，我相信你一定能行的！加油！璐璐！
>
> 你的好朋友伍雪轩

紫影眼眶一下湿了，心里翻江倒海地涌动着一种难以抑制的情感：这孩子真是太可爱了，面对病魔是多么勇敢，比常人想象得还要坚强。署名"伍雪轩"说明她又是一个多么懂得感恩的孩子。在她还未生病住院前，因为她最爱的爸爸忻诚姓伍，璐璐曾好几次提出要改姓伍，我们考虑到她生父张冀的感受没有同意，她便给自己起了这个名字，甚至在作业本的姓名栏上也写过这个名字。紫影控制住自己的情绪，将信装入信封递给璐璐，璐璐便将它放入装有同学信的大信封中并塞在枕头底下，枕着老师、同学和亲人浓浓的爱沉沉地进入了梦乡。

接下来的一周时间，璐璐利用输完液的空闲时间，先给妹妹苗苗画了一幅画。这幅画上画的是一个小女孩手牵着一个小不点女孩，站在开满鲜花的绿色草地上，草地上有一棵长得很健壮的树，树上结满了红红的苹果。小女孩手中拽着一根长长的线，线的一头是一只蝴蝶风筝，正在蓝色的天空中飞翔，画的空白处写着：“我爱我妹妹——送给苗苗两岁生日礼物。”紫影见了，说：“苗苗还有两个多月才过生日，你急什么呢？”璐璐说：“你别管，我就是想早点给妹妹准备生日礼物！”紫影嘴里连连夸赞道：“璐璐真懂事，想得好周到！”边说边把这幅画放在文件夹里，心里却七上八下地不安起来，总觉得璐璐这种举动似乎是个不祥的预兆，禁不住又是一阵心悸。

接下来璐璐又强打精神不停地做着同样的一件事：用白色的纸折叠小兔子。问她折这么多小兔干什么，也不回答，只是说，到时候你们就知道了。当折了三十五只兔子，用水彩笔给每只兔子涂上鲜红色的眼睛和嘴唇后，才告诉她妈妈，这是她送给班上每个同学和易老师、文老师、周老师的圣诞礼物。当圣诞节来临的前几天，璐璐的外公带上这三十五只纸兔，走进学校交给老师时，竟感情失控悲伤得声泪俱下，因为这不仅仅是纸折的兔子，更是凝聚着外孙女对学校、老师、同学深深的眷念和纯真的爱。她用这种方式寄托自己的感恩之情，一个八岁孩子的心是多么的纯净、多么的晶莹剔透啊！

十五

冬日的阳光穿过厚厚的云层，透过玻璃窗，为病房洒上了一层温暖的颜色。璐璐躺在床上，输液瓶里的药水正缓慢地注入她的体内。紫影和小姨及三嫂都神情紧张地看着那高高挂在输液架上的药袋，眼睛一刻不离地注视着透明的点滴窗，生怕有什么闪失。经过抽取璐璐的骨髓、用氯法拉滨做对比试验、召开专家会议制定治疗方案和紧急预案，今天开始使用氯法拉滨。已经整整一天了，璐璐不吃不喝躺在床上没起来过，昏昏欲睡的样子令人揪心。以前上别的化疗药时还能吃点东西，坐在床上看影碟或看书，精神状况也还可以，但这次反应这么大，虽然有心理准备，但还是没料到会如此强烈。我丈夫到医院去了，见璐璐睁开了眼睛，便轻轻对她说："璐璐你一定要坚强，用了这个药你就会好起来了。"璐璐使劲点了点头。

使用氯法拉滨一个疗程后，璐璐的腮帮子消肿，牙也没痛，但情况并不理想，她体内的癌细胞对这个药仍然不敏感，这就意味着对美国这个新药寄予的希望也许将要落空。"不，绝不能让孩子的生命就这么终结，赶快抓紧时间去美国！"忻诚给紫影撂下这话就匆匆找到初主任，讲了到美国治疗的打算。初主任认为现在去是最佳时机。如果继续在国内已经没有办法了，去美国还有一线希望。美国的新药多，治疗手段也多，可以化疗放疗同时进行。忻诚正想对初主任说希望她能用药让璐璐支撑到去美国时，初主任却神情幽幽地说："你们去要做好三个准备：一是出现奇迹治好回来；二是在美国就不行了；三是在美国也没办法治了被退回来。从现在起我就给她支持的药，主要是大量输血、输血小板和丙种球蛋白，让血象升起来，好支撑身体到美国。假如被退回来还是回到医院，我接收治疗。"

忻诚对初主任说了声谢谢，便立刻给之前联系的医疗中介机构打了电话，提出尽快到美国，如果其间还未预约到医生，到美国后就先看门诊，马上订购到美国机票的要求。对方见情况越发紧急，便加急办好了赴美签证，购买了 12 月 25 日从成都飞北京，北京飞纽约再飞波士顿的机票。与此同时，机构驻美国的员工也做好了接机、用救护车接送孩子到医院以及就诊、住宿等一切准备工作。

病房里，璐璐依偎在妈妈怀里睡着了，脸上泛着喜悦的光泽。紫影刚才告诉她要带她到美国治病，璐璐的眼睛瞬间如星星般闪烁着亮光。“妈妈，我听老师介绍过美国，我心里还想过，长大了要到美国读书呢，没想到我现在就能去了！”

“我们这次去是要给你治病的。”

“能治好吗？”

“能！那里医疗技术水平高，能把你的病治好的！爸爸已经和美国的医院联系好了，我们 25 号就坐飞机去，治好了再回来。”

“可是那要很多钱吧，我们有钱吗？”

“这个你就别操心了，爸爸已经把钱准备好了。你要做的就是乖乖听医生的话，好好配合治疗，你能做到吗？”

“这个你也别操心了，我做得到的！”璐璐学着妈妈的口气笑着说，露出往昔那副活泼调皮的样子。她又把嘴贴到妈妈的耳朵边，悄悄说了声：“爸爸真好，我好喜欢爸爸呀！”看着女儿那渴望、懂事的神情，紫影脑海中闪过一串一串的念头：“这趟美国之行真的会创造生命的奇迹吗？会不会凶多吉少？长途飞行女儿的身体吃得消吗？万一在飞机上出现意外怎么办？”紫影越想越害怕，这是她第一次在潜意识里直面这些问题，虽然残酷，但让她能清醒地面对现实。她紧紧地抱着璐璐，对璐璐耳语道：“乖，别说话了，好好睡觉养好精神！”

与此同时，忻诚却在做着另一个准备。他要我给张冀打电话，请张冀想尽一切办法联系北京的 E 医院和 B 医院血液科，为璐璐留一条万一去不了美国，就在北京住院治疗的退路。

张冀迅疾到了北京，带着复印的病历开始在几家医院来回奔波。

1 月 22 日晚上，蔡总给忻城打来电话，说他们驻美国的工作人员已经联系了 M 医院的医生，这个医生这几天都在研究评估张璐璐的病情，如果有一线希望就可以接收，否则就没有必要赴美治疗，请忻城等待消息。如果行程依旧，也要做好顺利通关的准备，由医院出具一张推荐璐璐到美国治病的证明，美国 M 医院预约的那位医生也要出具一张邀请璐璐到美国治病的邀请函，这样做的目的是给顺利通关提供保障。

紧张而焦虑地等待着美国医生的评估！这又是一个不眠之夜！

1 月 24 日各项准备工作依次进行，医院出具了证明，美国 M 医院的邀请函也传了过来，美元已经兑换，办理的信用卡上也存入足额的钱，随行人员行李准备妥当。一切准备工作就绪，就等第二天起程赴美。待所有准备工作完成后，忻诚乘晚上 7 点的航班飞往北京，他要再次与蔡总敲定一些赴美的细节，保证璐璐一路上都能得到最好的照顾。

24 日的晚上，璐璐回家了。家里人都来看望，也是给她送行。璐璐像只乖巧的小兔般依偎在我怀里，妹妹苗苗调皮地伸手去捏璐璐的鼻子，突然一滴血从璐璐的鼻腔中流了出来，我心中一惊，暗叫一声：“不好！”轻轻用纸巾帮她擦去血痕，对苗苗说：“你别碰姐姐！姐姐现在是个瓷娃娃，碰不得的。”一会儿女儿发现璐璐呼吸有些急促，不停地喘着粗气，这是个不好的兆头，心便急速下沉，脸上布满惊恐的神情。璐璐精神状态不好，主动提出要早点回医院睡觉，明天早起要去美国。于是外公开车送璐璐、三嫂、小许回医院，其他亲友也相继离开。留下紫影、小姨和小姨的女儿雪雪。

突发情况令人措手不及，屋里的气氛一下紧张起来。大家都不说话，沉默地坐在沙发上。我端起茶几上的水杯，喝了口水，平定了一下慌乱的情绪，对女儿说道：“紫影，我看明天赴美的事得慎重考虑，在这种情况下贸然赴美风险太大。有三种情况我们必须考虑到：一是璐璐病重能否通关；二是飞机上一旦出现异常没办法处理；三是如果在飞机上出现不测，孩子的尊严将受到很大的挑战。如果璐璐真的要与我们永别，也应该让她有尊严地离去。”

紫影眼里早已含着泪水，听我这么说，眼泪便如珠子般滴落下来，但也认为我提出的问题的确有可能发生。“那就马上通知忻诚，取消赴美行程。”紫影擦了擦眼泪，断然做出决定。别看女儿平时柔弱，但在关键时刻却很果断，这让我多少有一丝安慰。我继续说道：“但我很担心，璐璐对这次赴美治病充满希望，孩子求生欲望是那么强烈，现在突然不去，怎么给她解释？”房间里再次陷入沉寂之中。“我想提点个人的看法。”侄女雪雪打破沉寂，从嘴里飘出这句话后欲言又止地看着我们。雪雪在青岛上大学，放寒假回家知道小侄女患白血病后也是忧心忡忡，一直想为我们做点力所能及的事。“你说吧，讲讲你的看法。”我向雪雪投去鼓励的目光。“我认为，如果取消美国之行，璐璐就看不到希望。如果真有最坏的结果出现，也应该让她在希望中离开人世，否则这对她是一个致命的打击。”

“雪雪说得有道理，如果真的是这样，也应该让璐璐在希望中离去。”小姨说。

“明天早晨跟璐璐讲因为天气到美国的航班改期。马上给忻诚打电话，与蔡总商量取消赴美。”我的话音刚落，紫影便拨忻诚的电话，但电话关机，忻诚此刻乘坐的航班还未到北京。小姨马上拨通了蔡总的电话，通报了璐璐的最新情况和我们的决定。蔡总也认为这种情况下赴美风险太大，父母的想法是不留遗憾，但要充分考虑风险，应该让孩子在家人的爱抚中平静地离去，而不是让孩子去经受这些颠簸和折腾，目前到北京治疗是比较好的方案。

晚上 10 点半，忻诚到达北京机场，拨通电话后把璐璐的现状和我们的意见告诉他。忻诚顿时有种不祥的预感，怀着既心酸、遗憾又无奈的复杂心情，坐上了来机场接他的出租车司机金涛的车。到达中介机构时已是深夜，中介机构的整层办公楼却灯火通明，蔡总、严博士等人在公司等着忻诚。见面后大家都为璐璐多舛的命运而叹息，也为忻诚的付出而感叹。蔡总安慰忻诚后提出按照合同规定，取消赴美就不收取五万元的费用，以后若能再度合作将是公司的荣幸。忻诚没吭声，从手提包里掏出钱包，取出一张银行卡对蔡总说：“我也是企业的老总，深知企业生存和运转的艰辛，这段时间蔡总和公司员工为孩子赴美治病做了大量工作，公司的诚信和‘待顾客如一家人’的理念很让我感动，这五万元钱我是一定要给的，你就别推辞了，请一定收下，否则我会心不安的。”蔡总看着忻诚，为眼前这个男人浑身透出的那种诚意、善良、仁义、大气等气质所深深感动。他伸出手，紧紧握住忻诚的手，没说一句话，使劲摇了摇，却能感觉到此刻的他胸中正涌起阵阵波澜。

深夜的北京街头，虽然华灯绚烂，却给人透骨的冰凉。

张冀在街头走着，凛冽的寒风如野兽般厮打在脸上，手脚似乎已冻得失去知觉。但他的心里更冷。他和他在北京的几个同学，经过几日的奔波，找到北京E医院血液科权威吴医生和B医院血液科的高主任，将璐璐的全部病历提供给他们，并恳求能转入B医院或E医院治疗。B医院高主任与专门做化疗的一位医生，研究分析了璐璐的病情和治疗方案后，认为B医院的优势是做骨髓移植，最好在E医院诊治，需要做移植时可以到B医院。但E医院的吴医生则认为孩子在刚复发时就应该送到E医院诊治，现在送来风险已经很大，拒绝了张冀入院的请求。

张冀所有的希望顷刻间瓦解。璐璐现在既不能到美国，也不能到北京，怎么办？难道让孩子陷入绝境之中？在寒冬的夜晚，张冀徘徊于街头，任凭呼啸的北风鞭打在身上，心像掉入冰窟般一片凄凉。他拿出手机拨通了我的电话。电话这头，我听见张冀上牙打着下牙，说话的声音在颤抖，忙叫他快回宾馆，以免冻坏了身体。我对他说，这些情况也是在预料之中，你要坚强，不要过分悲伤，快给紫影打电话，她已经与北京L治疗中心的童主任联系上了，所有的病历资料也电传过去，他们可以接收璐璐，你赶快去医院办理入院手续，争取尽快把璐璐送北京，真是“山重水复疑无路，柳暗花明又一村”。张冀的情绪突然由阴转晴，高兴地回答我：“好，我明天一早就去，谢谢妈！”

紫影几人走出家门，驱车去了医院，见张冀的大姐、二姐、二姐夫及母亲在医院病房，通报了最新决定，也给初主任及璐璐的主治医生讲了取消赴美，为安慰孩子到北京治疗的想法。那位主治医生流泪了，她说：“对璐璐我真的很痛心，这个孩子太可爱了，治病过程中又这么坚强。你们有经济条件什么药都用上了，可孩子仍然走到这一步，我们对不能挽救孩子的生命感到很痛心，这也是我们医生的失职啊！”说完竟情绪失控地哭了起来。小姨理解此刻医生的心情，忙递给她一张纸巾，拍拍她的肩说：“别难受了，大家都不愿意璐璐走到这一步，可命运捉弄人……”话未说完自己也哽咽着说不下去了。

1 月 25 日凌晨 5 点，璐璐醒来后一迭连声地喊着：“三妈三妈，快给我穿衣服，今天要坐飞机到美国去，待会儿外公的车来接我们了，别误了时间！”紫影从躺椅上翻身起来，走到璐璐面前，坐在床边，抚着她的头说：“今天北京下暴雨，刚接到航空公司的通知，到美国的航班取消，要过几天才能去。”璐璐立刻大哭起来，说：“为什么要下暴雨呢？我们要赶快去呀，要不真的来不及了！”紫影听璐璐说“要不真的来不及了”这话，竟似五雷轰顶般眼前黑了一下，头晕眩得像要跌倒，心想这么小的孩子，竟然说出这样的话，她是多么想活在世上啊！无论如何都要让孩子赶快到北京！便定了定神对璐璐说：“我们明天先去北京的医院，控制病情后，飞美国的航班正好恢复，我们就可以去美国了。”

“好吧，我们先去北京的医院，我不想在这个医院了，这里治不好我的病的。”璐璐对妈妈说完这话便停止了哭泣，伸手拿过芭比娃娃玩着，重新躺在床上睡着了。

十六

北京机场，北风呼呼地刮着，国际国内南来北往的旅客迎着寒风，缩着脖子，拖着行李箱，行色匆匆地赶往各自的目的地。一辆白色的救护车停在机场跑道边，车里坐着L治疗中心的医生和护士。璐璐乘坐的航班准时到达北京机场，下了飞机旋梯后，医生护士将璐璐抱进救护车让她躺在担架上，快速给她输上液后，便一路鸣笛风驰电掣开往L血液肿瘤治疗中心。

治疗中心坐落在河北燕郊，是专门主攻血液系统疾病及恶性肿瘤的诊断及治疗的一家民营医院。中心的领军人物是中国工程院院士、国际著名血液病专家，是亚洲造血干细胞移植成功第一人和不断推动者，也是我国血液肿瘤免疫治疗的先行者。在璐璐尚未到来之前，陆院士和童主任便仔细研究了璐璐的各种检验报告，制定了初步治疗方案和抢救措施。

上午11点20分，救护车到达医院。医院硬件设施很好，璐璐一个人住一间病房，病房宽敞明亮，卫浴设施一应俱全，设病床一张、护士办公桌一张、沙发一对、陪护床一张。璐璐看了看室内环境，脸上有了笑容，很快躺在病床上，对妈妈说感觉很好，心里很高兴。听璐璐这么说，大家心里也感到一丝安慰。一会儿，七八个医生护士走进病房，为璐璐进行各项检查，并做了骨穿。骨穿结果很快出来，初步诊断为急性淋巴细胞白血病，分型为L3。下午4点，医院紧急加大药物剂量，监测抢救手段同步进行，四个护士守在病床边随时观察情况，派一个护士24小时值班守护。护士极有爱心，对璐璐细心呵护，紫影、三嫂、小许等人也在病房内悉心照顾。

第二天上午，医院紧急会诊，陆院士亲自主持，认为四川某著名医院在分型和融合基因图谱判定上有失误的地方，用药也趋于保守，错失了两次做移植的机会，其中一次是使用氯法拉滨后情况有所缓解，应再次使用氯法拉滨，然后做移植。另外孩子复发后就应送到北京医治，现在迟了。制定了治疗方案，紧急采用抢救性治疗，加大药物剂量。下午3

点，璐璐进入重症监护室，三嫂、小许穿防护服照顾璐璐。如果这一关璐璐能够挺过去，就可以上氯法拉滨，现在是风险与机遇并存。

下午6点璐璐的头部开始肿大，情况非常危急，立刻上300毫克的化疗药，这个剂量很大，可能会引起肾衰竭，脾破裂，输入保肝肾的药物后上化疗药。璐璐表现得十分坚强，与病魔做着顽强的抗争。紫影在病房陪着璐璐，也很坚强，大家的心却揪得很紧。

深夜12点，忻诚、小姨到达治疗中心。长长的走道上，静寂无声，灯惨白地亮着，玻璃窗外，风动树摇，两人急切的脚步声打破了医院的宁静。在病房外，忻诚和张冀不期而遇。这是他俩的第一次见面，尽管有些尴尬，但随着两人的手紧紧相握，两个男人的心因对璐璐的爱而连在一起。张冀握着忻诚的手，说了声："伍哥，谢谢你为璐璐所做的一切！"忻诚笑笑，使劲握了一下张冀的手说："不用谢的，我们都是璐璐的父亲，我们都爱她，目标是共同的——不惜一切代价救她。"两人正说话时，童主任从璐璐的病房出来，见忻诚和张冀都在，语气有些急促地说："璐璐情况危急，肿瘤已压迫气管，致胸闷，呼吸困难，不能躺下。现在使用的药物已是非常大的剂量，癌细胞却依旧在疯长，已经没有办法，也许患者会熬不过今晚，你们做好处理后事的准备吧！"这话如刀子般刺入人的心中，在场的人都悲痛流泪。忻诚说，恐怕要研究一下璐璐的后事处理。紫影提出璐璐最爱的玩具是芭比娃娃，立刻买一个她最喜欢的蝴蝶仙子，趁现在人还清醒，买了放在她怀里，随她一起走。忻诚马上打电话托在京的朋友到商场为璐璐买了一套粉红色的公主裙、鞋袜和蝴蝶仙子等衣物、玩具，并特意买了一个用真发做的长发发套。紫影抚摸着孩子的衣服鞋袜，仔细检查着，抚平了每一个皱褶，把发套的头发梳理顺滑后编成两个小辫，别上漂亮的发卡，一切准备停当后，突然泪如雨下，哭出声来。在众人劝说下擦干眼泪进入重症监护室照料璐璐。

当晚，张冀的大姐从成都赶到北京。所有人几乎一夜未眠，在提心吊胆中挨到天亮，小姨从重症监护室出来，告诉大家璐璐用药后情况改善，现在比较稳定。一会儿，我的丈夫从医生办公室出来，说陆院士和童主任决定对璐璐进行抢救性移植，分两步走，首先抽张冀的血分离出干细胞移植到璐璐身上，再进入移植舱将紫影的骨髓移植给璐璐，并对移植舱和医护人员进行了安排，因移植时正值春节，意味着医护小组所有人员不能休假。

很快紫影、张冀、璐璐骨髓配对的检验报告单由四川某著名医院传给了治疗中心。

璐璐的情况继续向好的方向发展。2 月 4 日上午 10 点，丈夫给我打电话说，璐璐头顶和脸部的肿消了不少，能自己下床，还能吃点东西，这让我们似乎又看到了一点希望。可就在此时，陆院士告诉紫影，经过治疗抢救小组连续不断反复研究确诊，璐璐患的是“伯基特淋巴瘤”，这是白血病中最难治的一种，在欧洲人群中有治愈的个例，但在亚洲人中目前还没有治愈的，就是做了骨髓移植也会复发，现在是不知孩子能否坚持到骨髓移植这一步。璐璐的主治医生认为做骨髓移植也只是安慰家属，没有多大意义。但我们总盼望着出现生命的奇迹，不愿放弃，表示要坚持到最后。2 月 8 日，张冀的干细胞输入璐璐体内，这类似于一个微移植，用好的细胞去冲璐璐体内的坏细胞，为骨髓移植赢得时间。得知这个消息后，我在心里祈祷：“但愿璐璐的生命能出现奇迹！但愿能走到骨髓移植这一步！”

正当我在家里因不能亲自前往北京看望璐璐而焦急又无奈时，忻诚突然回到家里，说临近春节，公司有急事要处理，所以急匆匆回来，处理完后今天便要返回北京，问我想不想到北京看璐璐。

“想，特别想，但我这腿不能走路咋去呢？”我摸着那条伤腿有点泄气地说。

"把轮椅带上我推你去，航空公司会给腿脚不方便的旅客提供特殊服务。明天就是大年三十了，我们全家人都到北京陪璐璐过年！"我只觉得一股暖流在心间荡漾，那个"好"字还未说出口，泪水便模糊了双眼。

晚上9点半，当我和忻诚来到L治疗中心移植舱，在探视窗看到璐璐时，见她呼吸有些急促，但不哭不闹的，很配合护士。压抑多时的泪水突然奔涌而出。我哭着呼喊璐璐，可她哪里听得见！我多么想去亲吻一下我的外孙女，可那厚厚的玻璃把我们隔绝在两个不同的空间，怎能有肌肤之亲！璐璐看到了我和忻诚，朝我们挥手。护士阿姨凑近她耳朵问是谁来了，她说"是外婆和爸爸来了，外婆的腿摔伤了还来北京看我，我好高兴呀！我想坐外婆的轮椅回家"，又对着探视窗指了指我，给我做了个要坐轮椅回家的表情和动作。这时探视窗的电话响了，护士要忻诚进入移植舱，说璐璐想看看爸爸。忻诚赶紧到护士站进行全身消毒，穿上防护服进入移植舱。璐璐见爸爸来到身边，高兴得咧开嘴笑了笑，伸手拉住忻诚的手，连声叫着爸爸。忻诚握着璐璐的小手，眼里浮上一层泪光，也不知说什么好，只是一边应着璐璐，一边说："璐璐乖，病治好了爸爸带你回家。"当忻诚离开移植舱后，璐璐对紫影说："妈妈，我不姓张，我姓伍，我的名字叫伍雪轩。"过一会儿，又对紫影说："妈妈，以后我要做个小奶娃儿来投你的胎。"这话让紫影大吃一惊，心想："这孩子怎么会说出这样的话？她这样的年纪是不应该知道什么投胎这种事的，难道孩子是在给我留下遗言吗？孩子是多么喜欢这个家，多么不愿离开这个家啊！"紫影一边想着一边流泪，哽咽着说不出话，对着璐璐一个劲地点头，好不容易控制住情绪，才开口对女儿说："好的，璐璐，你永远都是爸爸妈妈的女儿，我们永远爱你！"说完，便含泪在璐璐的额上轻轻地印上了一个吻。

我们离开探视窗时，紫影叫小姨出移植舱和我们一道回宾馆休息，可小姨却执意不肯，说离开了一旦璐璐出现紧急情况多个人多个帮手。

紫影急了，给我打电话说三嫂、小许和她三个人都是轮流休息，只有小姨在里面连续待了几天，累得腰椎病发作，必须去看医生，可小姨说春节期间只有值班医生也做不了检查，已经开了些药先控制一下，叫我们不用管她。于是我给紫影小姨打电话说："现在正是璐璐危急关头，如果你再病倒那就雪上加霜，我们就真的不知道怎么办了！"见我态度强硬，才走出移植舱换下防护服回宾馆休息，但第二天早晨我醒来后却不见她的身影，她还是放心不下璐璐，又进入移植舱了。

第二天是大年三十，早晨起来，丈夫推着轮椅又把我送到移植舱的探视窗前。璐璐正坐在床上，喝着苹果汁，看起来精神比昨晚要好。我用探视电话与她通话，告诉她今天是大年三十，我们来陪她过年，并将各位亲戚朋友和我们给她的压岁钱红包展示给她看。璐璐很高兴，笑了一下。我说很想抱抱你，但进不了移植舱，她告诉我说想外婆想外公。我丈夫是个不太容易动感情的人，听到这话竟也抽泣起来。

十七

今天是除夕，医院里冷清了许多。医生护士除值班的以外，都回家与亲人吃团年饭去了，可璐璐治疗小组的所有医生护士都没有回家，童主任几乎整天守在移植舱，陆院士隔几个小时就打电话询问璐璐的情况，几位护士也在移植舱里忙碌。春节中最重要的是除夕之夜的团年饭，可他们为了抢救璐璐，不得不放弃与家人的团聚，这一切既令人感动又让人不安，竟然不知道该怎么做才能表达我们的感激之情，于是我丈夫和忻诚去买了几箱水果送到了医护办公室。

除夕夜，天气格外寒冷，天空纷纷扬扬下起了大雪，雪花像蝴蝶似的扑向窗玻璃，在玻璃上撞一下，又翩翩地飞向墙的一角。也许是过年了，亲人们都来到身边，璐璐心里高兴，病情比较稳定，移植舱里便只留下三嫂一人照料，紫影和小姨回到宾馆与我们团聚。宾馆的一间房中，一只电饭煲被揭开了盖子，锅里炖着的鸡汤正在沸腾，香味随着水气弥漫在房间里，这是我丈夫和小许白天去医院附近的菜市场买回来的，一张茶几被临时当成了餐桌，上面放着几样熟食和碗筷。忻诚用筷子戳了一下电饭煲里炖着的鸡，见鸡已炖好，便对丈夫和我说："我们还是比那些医生护士好些，至少我们还可以简单地过个年。爸，你去把张冀和他的女友请来，我们大家团聚一下吧。"我丈夫走到张冀住的房间准备敲门时，却见张冀和他的女友正从电梯里出来，手中提着几个塑料饭盒，往我们住的房间走去。"张冀，我正要去叫你们，今天是除夕，我们大家聚一下吧！"张冀笑笑说："爸，我们已经在外边吃过饭了。"边说边走进我们的房间，把塑料饭盒放在桌上。大家七嘴八舌地请张冀和他的女友和我们一起坐下吃饭，张冀连连推让说："真的不用客气，我们已经吃过了，这医院附近的餐馆不像成都什么都有卖的，这儿就只有饺子。我给你们买了些回来，就算简单地过个年吧。"我忙说："谢谢，张冀想得周到。"房间里的气氛顿时显得轻松融洽起来，连日来的焦虑、紧张、悲伤的情绪也被这个特殊的除夕之夜的气氛暂时驱逐到一边。大家边吃边聊，聊起了璐璐的病情，聊起了医生、护士良好的医德医风，还聊起了应该早点把璐璐送到北京或波士顿的医院治疗等。这些话题中有赞扬、自责，也有祝愿，充溢着和睦与温馨。那晚张冀的话特别多，他真诚地感谢忻诚，感谢我们为挽救璐璐所做出的种种努力，说到动情处，竟眼睛湿润，有泪光在闪。这种氛围极容易滋生感慨，因为它触碰到人心中最柔软也是最有力量的地方——爱与善良。

忻诚轻轻走到我身边对我耳语："妈，你和爸出来一下，我想跟你们商量个事。"便推着我到房间外。我问："什么事？"忻诚说："我有个想法，想把张冀给璐璐治病的十七万元钱退给他。"

"为什么要退？"

“我看璐璐是凶多吉少，万一孩子真走了，对紫影是个很大的打击，同样对张冀也是。但不管怎么说我们还有苗苗，可张冀就没有孩子了，这对他的打击是巨大的。还有，他目前处于创业阶段，经济上肯定不宽裕，还得重新组建家庭，开始新的生活，把这个钱退给他，也算是我们尽点心意吧。”忻诚的话音一落，我心里又涌动着一股热浪，这个忻诚，随时随地为他人着想，怎么就不想想自己承担着多大的经济压力呢？

“这样做恐怕不太妥当，因为张冀特别在乎这个孩子，他给璐璐这个钱，也是尽父亲的责任，你若退给他，他面子上过不去，自尊心也会受到刺激，他是不会接受的。我觉得我们换一种方式处理这个问题，也许张冀能接受。”

“什么方式？”我的丈夫和忻诚不约而同问道。

“他不是还欠我们十五万吗？说好了要还的，现在就不要他还了，你看这样处理行吗？”我用探询的眼神看着我的丈夫。他略为沉思了一下，点点头说：“这个办法可行，这样既不伤他的自尊，也切实帮助了他。不过，我们养老的钱可就真的被折腾光了。”忻诚听了，笑了一下说：“只要爸同意，我看这也不失为一个好办法。至于养老问题，你们也没必要担心，有我和紫影呢，我们会孝敬你们的。”回到房间，我找时机把我们的决定告诉了张冀，他先是愣了一下，然后发自内心地说了声谢谢。

我看着忻诚，看着女儿，看着张冀，看着屋里所有的人，看着他们脸上洋溢着的真诚与善良，一种温暖的情愫如花儿般绽放。它让我体味到真诚与善良的美好，又透过这美好还原了爱与善良所蕴含的意义：一旦我们把爱、真诚与善良给了别人，自己也会收获生命的美好！

大年初一后，张冀的干细胞和粒细胞在几日内先后输入璐璐体内。璐璐的情况时好时坏，查血各项指标都上去了，但据童主任讲过几天后还会降下去，又会升起来，这是输入的好细胞与坏细胞在打仗。我们在悲喜交集中度过着难熬的时光。几日后璐璐口腔里长满了溃疡，已吃不下东西，但仍坚强地努力吞咽熬制的米汤，后来连喝水都要用针管注入嘴里，护士不断为璐璐清理口腔创面，孩子挺配合护士，让护士心疼得直掉眼泪。值班医生给我通电话，问我有没有璐璐生病前的照片，说想看看孩子健康时的模样。我将放在包里随身带着的一张璐璐的单人照片，通过消毒窗口送进了移植舱。照片上的璐璐身穿湖蓝色的衣裙，面庞清秀，眼睛明亮澄澈，如花儿般灿烂地笑着。值班医生拿着照片长长地叹息一声："这么乖巧漂亮可爱的小女孩，真是太可惜了！"说完擦了擦眼角的泪花，叫其他护士看。几个护士看后也泪眼婆娑，哭着说老天太不公平，为什么要让孩子得这个病。

几天后，璐璐突然不再嗜睡，心率加快，烦躁不安，高烧不退，不停地躺下又起来，不停地要水喝，那满是溃疡的嘴里艰难地吐出哀求："好妈妈，好爸爸，我要回家，你们带我回家！妈妈，你抱着我，把我抱回家！"紫影哭了，却竭力压抑着不发出声音，脸色刷白，紧紧抱着女儿，如生离死别般悲伤得说不出话来，豆大的泪珠不断滴在璐璐的身上。陆院士和童主任进入移植舱给璐璐诊断，抽血检查，发现孩子全身器官已衰竭，白细胞升至 8000×10^3/dL，而且出现变异细胞，这种变异细胞连他们也是第一次发现。童主任把紫影叫到一边，语气沉痛地说孩子的骨髓移植手术不能做了，她的生命也许挺不了多久，要做好充分的思想准备。紫影艰涩地点了点头，回头看着璐璐，眼泪哗哗直流。忻诚得知情况后硬着心肠与紫影道别，立即飞回成都为璐璐选择墓地。

2 月 16 日上午 11 点 35 分，紫影小姨的手机突然响了，紫影在电话里急促地说璐璐正在抢救，让我们速到移植舱。于是我坐上轮椅，紫影小姨推着我就往医院跑。从宾馆到医院路面上空无一人，大雪依旧不停地飘洒，已是一片白色世界。呼啸的北风舞动着漫天的雪花，雪片飘积在路面和两侧的行道树上。凛冽的寒风狂暴地扑打在我们的面颊上，呜咽着往人的身上死命地钻。紫影小姨慌乱的脚步声和轮椅碾在雪地上发出的嘎吱声特别地刺耳。我的心咚咚地跳着，紧张得快要从胸膛里蹦出来。到了移植舱的探视窗，见全家人都已守候在探视窗前。璐璐已不能动，戴着氧气面罩，呼吸急促，胸部猛烈地起伏着，十多个医生护士紧张地进行抢救。可就在这种状态下，我仍然不相信璐璐的生命之灯即将熄灭，我默默地祈祷上苍大显神灵，保佑璐璐渡过难关；寄希望于医生妙手回春，让璐璐化险为夷、转危为安；我相信大家的不离不弃定能感天动地，也相信璐璐的坚强能使生命再现奇迹。然而下午 1 点 40 分，璐璐陷入深度昏迷。我在慌乱中拨通了忻诚的电话，张冀也电话通知了他的母亲。忻诚正在成都的一处陵园办理购买墓地的手续，闻信立刻驱车到了双流机场，购买了下午 5 点飞北京的机票，而张冀的母亲和大姐则只买到晚上 8 点的航班。

十八

晚上 8 点 45 分，忻诚带着绝望的神情来到探视窗。看着那个曾经聪明伶俐、活泼可爱的小生命，那个只要回家便黏着他甜甜地叫爸爸的女儿，此刻正乖乖地躺在床上陷入昏迷状态，再也不能喊他、亲他，不能与他笑，与他哭，与他撒娇，与他玩耍，与他跳舞，与他奔跑，突然心里像被刀片割了似的，钻心地痛。但忻诚相信，璐璐一定是在等他，她在坚持着等他，要和他见最后的一面。晚上 11 点 06 分，璐璐停止了呼吸，生命的灯黯然熄灭，这朵曾经带露的花蕾还没来得及绽放就被无情的狂风暴雨折断了花茎！她走了！撇下她热爱的这个世界、眷念的亲人、朋友、老师和同学！她生命的钟摆永远定格在 2013 年 2 月 16 日晚上 11 点 06 分。此时她 8 岁半，人生的脚步仅走了 3120 天……

忻诚的眼里蓄满了泪水，眼镜的镜片一片模糊……

紫影哭着，放声地哭着。她呼唤着璐璐，不断亲吻着女儿的脸，用手抚摸着女儿的眼睛和脸颊，她怎么也不愿相信，这么冰雪聪明、乖巧可爱的女儿已经撇下她走了。她心里有许多的悔恨在撕咬：恨自己为什么这么单纯天真地相信四川某著名医院的医生能治好女儿的病；恨自己为什么不多考察了解和比较国内治疗白血病医院的技术实力；恨自己为什么不在发现女儿有病时就选择送北京或美国波士顿就医；恨自己为什么没有实现女儿的愿望，在离开成都时将车开到学校门口，让璐璐看一眼她钟爱的学校，默默地和老师同学告个别……可这时哪怕有千百个悔恨也换不回女儿的生命，璐璐已经走了，从此天上人间，阴阳两隔，再也听不见女儿银铃般的笑声和呼唤爸爸妈妈的甜美声音。紫影哭得肝肠寸断，那双手竟怎么也不愿离开璐璐，就那么抚摸着，又倾下身子，一下一下地亲吻着女儿。

此时在病床的一侧，璐璐的生父张冀看着女儿，眼里含着泪，握着女儿的手摇了摇，便步履踉跄地走出移植舱，来到一处无人的地方靠墙站着，双手捂住脸，眼泪便无声地从指间溢出，突然站立不稳，整个身子顺着墙滑下去跌坐在地面，随着一声低沉压抑的哭声从胸腔里出来，便不可抑制地抽动着双肩，大声地、绝望地哭起来。

我的丈夫，在移植舱的过道里早已涕泪纵横，泣不成声。他想进入移植舱去最后抱抱外孙女，却挪不动脚步，透过探视窗那厚厚的玻璃看着璐璐，见医生护士正在除去氧气面罩和插管，紫影和紫影小姨为璐璐摆正身体，护士为孩子换上了那套早已备好的衣裙。紫影最后亲吻璐璐后，用白色的被单将孩子的脸轻轻盖上。看不见璐璐的脸了，外孙女真的走了，我的丈夫脑海里闪现出与孩子在一起的一幕幕场景：牵着璐璐的小手送她上学；开车接送璐璐到兴趣班学习时，回家路上兴奋地说“爷爷，今天老师又让我当小老师教小朋友了”时得意的神情；在书房那张粉色书桌旁陪伴璐璐学英语，为璐璐讲解数学题时孩子一脸的认真和眼眸中透出的聪颖光泽……

而我目睹了璐璐从昏迷到死亡的过程，心早被悲伤与痛苦摧残得千疮百孔，突然一个念头闯入脑中：“这是解脱！”难道不是吗？对璐璐而言，昏迷是离开这个世界的最好选择，它给死亡罩上了一层温情的面纱，让璐璐在毫无痛苦中撒手抛开了她曾经不舍的一切。在沉入昏迷的前一刻，也许璐璐还抱着希望——生还的希望；康复的希望；回到爸爸妈妈温暖怀抱的希望；回到熟悉的校园，和老师同学共同学习，在操场上奔跑欢呼的希望；弹奏优雅的钢琴曲，跳欢快舞蹈的希望；牵着妹妹苗苗的小手在蓝天下放飞梦想的希望……璐璐在沉入昏迷的刹那间，她一定还希望着。但昏迷使这一切希望都消失了，她静静地躺在那里，没有痛苦，没有挣扎、没有烦忧、平静地看着死亡之神从远处飘然而来，等待着死亡之神对她说：“孩子，你是天使，上帝需要你到天堂撒播爱的种子。”我似乎感觉璐璐的灵魂飘到了空中，她在看着我们，看着我们的悲痛欲绝，然后露出天使般的笑容，说了声“爸爸妈妈、爷爷奶奶、外公外婆，亲爱的妹妹、我所有的亲人们，你们保重，再见了！”便飘飘地向天堂飞升而去……

在一个阳光灿烂的日子，我们为璐璐—— 这个坚强的小生命，举行了一个简洁而隆重的葬礼。她所有的亲人和最好的朋友都来为她送行。黑色的大理石墓碑上雕刻着“爱女张璐璐之墓”，左上角有璐璐的彩色陶瓷遗照，遗照下雕刻着一个芭比娃娃图案，中间刻着生卒日期，墓穴的盖板上雕刻着我们的纪念词：“怎么爱你都不够，一片深情付苍穹。”在墓碑的上方，一棵长势健壮的香樟树，如伞的树冠将墓碑笼罩在浓荫之下，墓碑四周摆放着盛开的鲜花。

下葬仪式开始时，现场一片静寂，突然起了一阵大风，天色瞬间黯淡，树摇叶动，风声大作。10 分钟后风停，陵园又恢复了春日融融的样子，阳光洒满园区，植物和花草在阳光下熠熠生辉。在场的人无不称奇，都说这是老天在告诉我们，璐璐已经成为小天使，被这一阵风儿托起扶摇直上天堂，而我们对她永久怀念的词句“怎么爱你也不够，一片深情付苍穹”似乎正对应了当时的奇观。

紫影手抚着墓碑上璐璐的遗照，再一次泪流满面，她怎么也不愿相信，女儿已经与自己阴阳两隔。泪眼婆娑中，女儿乖巧可爱的模样似乎触手可及，她的记忆再次回到与女儿最后诀别的时刻：在北京八宝山殡仪馆里，女儿躺在一个精致的木匣里，她是那么漂亮、那么可爱，鲜红晶莹的嘴唇，洁白可爱的面容，两条漂亮的小辫上扎着美丽的发结，头发两侧各别着一枚粉红色的发卡，身上穿着白色荷叶花边衬衣，外穿一套粉红色的公主装，下身穿着一条黑色带粉色小圆点的打底裤，脚穿公主绣花鞋，还有她最喜欢的芭比娃娃蝴蝶仙子陪在身边，神态如熟睡般安详。紫影看着女儿的脸，眼睛怎么也舍不得离开，心中的情感如潮水般涌来：好漂亮可爱的小天使啊，你一路走好，到天堂快乐地生活吧！那里再也没有学习上的负担，再也没有成长的烦恼，再也没有疾病的困扰与折磨，再也没有治疗疾病所要忍受的各种痛苦！我的女儿，从此你就在天堂做你喜欢做的事，看你喜欢看的书，唱你喜欢唱的歌，跳你喜欢跳的舞，弹你喜欢弹的琴，健康、快乐、自由地在天堂学习、玩耍、生活！可是你不能忘了妈妈，你一定要兑现你离世前对妈妈许下的诺言：“我要变成小奶娃儿来投你的胎。”妈妈宁愿相信，在你的生命之花枯萎的时候，你的花蕾里一定会跳出一个聪明漂亮的婴儿，小小的掌心里托着此生无法圆满的念想，用你最纯的希望滋养，然后再回到妈妈的腹中：那是又一个轮回——美丽的世界，女儿又回来了！

尾声

一年后，紫影生下了一个漂亮的女儿。

当女儿半岁时，紫影做了一个决定：为白血病患儿捐献自己的骨髓。因为璐璐原本是要接受妈妈的骨髓的，可命运的安排让她失去了移植骨髓的机会，那么为别的白血病患儿捐献骨髓，挽救一个孩子的生命，以此告慰女儿远去的身影，就成为紫影认为最有价值的一件事。

那是一个雨过天晴，空气中充溢着醉人花香的日子。紫影在梳妆镜前化上淡淡的妆容，换上一件飘逸的白色连衣裙，将璐璐那张穿着白色公主裙，坐在碧绿草地上甜甜笑着的照片，放在包里，开车来到那家曾让她充满希望却又备受煎熬的医院。当走进六楼儿童血液科时，那熟悉的场景，那些白血病患儿苍白的脸和患儿家属悲伤凄楚的眼神让紫影的心再次像刀绞般疼痛，一行热泪潸然而下。她举起右手，叩响了医生办公室的大门……

两个月后，我们去探望一个好友—— 一位看着紫影长大，一直对紫影关怀备至的阿姨，得知她的一个人品很好的朋友不幸身患白血病，却因经济困难拒绝做骨髓移植时，我们便决定为这位白血病患者提供资助，帮助他完成骨髓移植手术。这个决定让紫影和忻诚深感欣慰，他们想让远在天国的女儿知道，虽然她没能移植上妈妈的骨髓，但爸爸妈妈会用自己力所能及的方式帮助这位白血病患者，因为他们觉得这种帮助是对女儿最好的怀念。尽管这位患者在成功进行了骨髓移植手术后，最终还是告别了这个世界，但紫影和忻诚的善良和爱心，让他的亲属在经历与亲人生离死别的巨大悲痛中，感受到人世间无私的爱，这种爱如同一缕阳光，让痛苦的心得到一丝温暖。

两年后，我们启程去美国旅游。临行前，我带上了璐璐生前的护照和一张六寸的彩色照片。女儿和忻诚说要让璐璐和我们一同去美国，但绝不是去治病，而是与我们一起游玩。于是我们在美国的洛杉矶短暂旅居时，在美国太平洋西海岸做长途旅行中，璐璐始终跟随着我们，她时刻与我紧紧相依。旅途上我们的欢笑声中有她快乐的身影，我们的赞叹声中有她童稚的感叹。璐璐，我们用这种方式实现你美国之行的梦想，难道不也是对你最好的怀念吗？

完稿于 2016 年 10 月 2 日晚上 10 点 07 分
修改定稿于 2016 年 11 月 29 日下午 1 点 23 分

此文系文汇出版社散文集《穿越生命》（2017 年 12 月出版）中的一篇文章，2018 年 3 月 9 日“江山文学网”（晓荷·四季的故事）全文刊出、《四川文学网》2018 年 3 月 6 日至 4 月 28 日连载，2018 年 6 月《穿越生命》获第八届“冰心散文奖”。

心随菊魂舞

一场秋雨，送走了夏的余韵，萧瑟秋风中，我寻觅着秋的精灵。那不就是秋的精灵吗？那原野中盛开的黄的、白的、紫的菊！

于是我的思绪便被摇曳的菊轻托着在秋空中飞舞，飞舞着的我与菊之魂灵不期而遇。

于是我便领略了菊生命之精彩。

啊！菊，空阔的原野，因你的生命而丰富；喧嚣的都市，因你的灵气而清纯；沉滞的步履，因你的微笑而轻捷；冷漠的心儿，因你的风采而鲜活。

你是萧瑟秋风鞭挞下孕育的凛然傲骨，你是冷霜摧残中挣扎的不羁魂灵，你是不屈奋争后灿烂的笑容，你是秋天里我心中那首最动听的歌。

紫菊

你怎么会选择这样的色彩注入你的灵魂？紫菊！这色彩从此让你与孤傲和冷清同行！

当银杏披着金黄的衣衫，当枫叶红得像燃烧的火焰，当这些艳丽的色彩把深秋的季节装点得热闹而又美丽时，唯独你这凄冷的紫色令我心儿震颤。不去管世间的花红树绿，也不管人世间的风云变幻，你就这样静静地开着，在秋风中挥洒着你的冷清与孤傲。

紫菊，紫菊！

你冷冷地凝望，在我心中荡起涟漪。我走进你的花蕊，似乎走进了你的灵魂。不要对我轻启你的紫唇，不要对我诉说什么，此时我已如你在色彩中所选择的凄冷情调，也选择了“宠辱不惊，看庭前花开花落；去留无意，看天上云卷云舒”的那一份恬静与淡然。

白菊

晶莹如玉的世界，是你魂灵梦幻中的伊甸园！

我的思绪与你的魂灵相携，轻舞着飘进那一片洁白的圣地，沉睡在那个温柔的梦中，久久不愿醒来。

梦中，你向我走来，轻轻拉着我的手，对我说：“跟我走吧，我给你一个永远的家。”

就为了这一个承诺，从此你将责任的纤绳背负，风雨兼程四处漂泊，吃尽苦头就为了证实自身价值，也为了让我从梦中不再醒来。

于是，在那些寂寥的夜晚，你朗朗的笑便穿过窗棂，在我们温暖的家中回荡。

于是，我的整个世界弥漫着白菊的清香。

心中只是一片白莹莹如梦如幻的怀想。

黄菊

萧瑟秋风无法阻止你灿烂的笑靥，风刀霜剑难以扼杀你蓬勃的生命，黄菊！你使我领略到生命的辉煌。你潇洒的英姿，显示出你的无畏，你的勇敢。

在大地宽阔的胸脯上，你原本可以随遇而安，而在另一个世界中，你却不安分地想去逾越，去超脱。

前面是什么？眼前的路何以这般不平、曲折？你怒放的花朵倔强地仰望着天空。

不必去抱怨路途的不平，不必去斥责路途的曲折。你以洒脱不羁的超然神态，将奔腾的热情呈现在我的眼前，于是，你生命的所有意义，便在深秋的大地上绽放。

你的追求因此而成功，你的生命因此而升华。

永远保持你那倔强的身姿吧，黄菊！

你那灿烂的笑，使所有渴望生命燃烧的人，为你的魂灵写下赞颂的篇章。

写于 2003 年 5 月

刊于《中国核工业报》2003 年 10 月 1 日副刊版、《堆谷风》2006 年第 1 期、《散文潮》2007 年秋季卷，入选 2010 年 11 月中国戏剧出版社《当代四川散文大观》第 6 辑，2012 年 10 月入选中国文联出版社《中国散文大系女性卷第 2 册》并获中国散文学会“中国当代最佳散文创作奖”，“江山文学网”（晓荷 · 四季的故事）2018 年 3 月 18 日刊出。

海枯石烂

海上，一座礁石，如钢铸铁浇般屹立在惊涛骇浪中。

天外飞来一只海鸥，抚着伤痕累累的礁石，醉了般呢喃：“我一生的追寻，今终了却夙愿，可以让我为你唱支歌吗？”

礁石哭了又笑了，看着飞卷的浪花轰鸣着拍打在自己身上，指着裸露的黑色躯体说：“你唱吧，我就等着这一天哩，无论风有多急，浪有多高！因为我的灵魂里也有一支歌在回荡，那支歌是千年不变的承诺！”

海鸥飞走了，又飞回来了。

那里的渔民千百年来目睹着这动人的一幕。

那座礁石叫“海枯石烂”，在海南三亚。

写于 2009 年 3 月

刊于《中国核工业报》2009 年 4 月 8 日副刊版、《老年文学》2009 年总第 50 期、《堆谷风》2009 年第 1 期。

夜色中的栀子花

一股浓郁的花香在夜色中弥漫，这是栀子花的香味，五月正是花开的季节。

月光清朗朗地映照着我脚下的一条小路，小路在一片绿地里蜿蜒，两侧种满了常年郁郁葱葱的栀子花，在经过一冬的孕育，历经风霜雨雪后，此时洁白的花朵正缀满枝头，在夜的静谧中悄然绽放。我被栀子花的香气萦绕着，这种香气让我有些晕眩，有些微醉的感觉，一时间，我竟然无法用一种准确的词汇表达她散发着怎样的香气，只是感觉那美，已将我的魂灵摄去。我做了一个深呼吸，想借助这沁人心脾的花香驱散连日来因“5·12”汶川大地震带给我心中的伤痛与阴霾。

此刻，夜空月华如水。夜的清朗，涤净了我的双耳，也澄澈了我的眼睛。蓦然，我听到夜色滑过天幕落到栀子花瓣上的声响，看到了洁白的栀子花脸庞上挂着清亮的泪珠。栀子花哭了？莫非这花儿也有灵性，和我一同在为废墟中那凄美动人的爱情流泪？

“废墟中的爱情”，当这个带着浓烈血腥味和人类最圣洁的情感那么不可理喻而又残酷地组合成文字掠过我的大脑时，我的心再一次感受到剧烈的痛楚与强烈的震撼。

那是一幅幅怎样感人的画面啊！在北川县城的废墟下，被埋八十个小时后的货车司机陈坚—— 一个坚强的汉子，用他最后的力量留下了这次大地震中感动中国、感动世界的遗言：“我不想放弃，为了每一个深爱我的人；我希望你们一样，不要在任何困难面前被吓倒；我老婆怀孕了，我不想我的小孩生下来就没有父亲；老婆，这辈子我没抱太大希望，只想我们两个和和睦睦地过一辈子就行了。”他那新婚不久的妻子谭小凤，从他们已成危房的爱的小屋中取出挂在墙上的两幅婚纱照和几本装着他俩所有爱的记忆的影集，凄婉却不无坚强地说：“我要把孩子生下来，好好抚养长大，陈坚很想要这个孩子。”是的，孩子，这个凝聚着这对平凡夫妻爱的结晶的孩子，你可知道，你的父母这原本平淡的生活理念，却成为巨大灾难中爱的神话！

还有那个叫吴家方的男人，一个绵竹县兴隆镇广平村的普通农民，当妻子石华琼在地震中遇难后，他坚持认为，在震后的混乱中，妻子不应该被抛弃在废墟中，应给妻子最后的尊严，送她去太平间。他为妻子穿上生前最爱的衣服，用绳子把自己和妻子的上半身紧紧绑在一起，发动摩托车，对妻子说：“坐好了，我带你回家。”画面上的男人强壮而结实，蓄着小平头，泪水早已流干，脸上找不到悲伤的痕迹。此刻，他的妻子就靠在他的背上，紧紧地贴着他的身子。如果没有那根绳子，这该是一副多么温馨多么浪漫的画面，这该是多么令人羡慕的恩爱夫妻的幸福生活，然而这却是一场让世界震撼的葬礼！面对这样的葬礼，我唯有发自内心的感动。

悲壮的画面在我的脑海中定格成永恒的瞬间，废墟中演绎的坚强与缠绵、朴实而又情真意切的话语，让世人也让我领略了什么是真正伟大的爱情，领略了如栀子花般普通的中国人在面对巨大灾难时迸发的爱的浪漫情怀。

这让我的心震颤不已。从此，这灾难中的悲痛与传奇，真情与执着如烈焰炙烤着平淡的日子；从此，生命更加珍贵，爱情熠熠生辉。

夜色越来越浓，月光也越发清朗，栀子花在月光的映照下，洁白轻盈得宛若仙葩。起风了，花儿微微颤动着，发出窸窸窣窣的声响，似在努力地绽放，又似在喃喃自语，难道你是在为这爱的忠贞、爱的浪漫情怀而绽放，而祭奠？

我的思绪在风中飘洒，洁白的栀子花在风中起舞。在这夜色温柔的绿地中，我脚下的那条盛开着栀子花的小路延伸着，此刻似与天幕连成了一体，那是一条通往天堂的路吗？圣洁的栀子花将把人间这绝美的爱情迎入天堂？

我捧一把夜的月光，将路照亮；捧一把花的芬芳，洒一路香。

写于2008年5月

刊于《中国核工业报》2008年8月28日副刊版、《散文潮》2008年冬季卷、《老年文学》2008年第10期、《堆谷风》2009年第1期，入选2011年9月中国文联出版社《四川精短散文选》、2013年12月中国文史出版社《四川当代散文大观》第7集、《当代写作》微刊2017年9月6日、“江山文学网”（晓荷·四季的故事）2018年3月17日刊出。

外婆的笑容

秋风一波一波地吹着，外婆花白的头发在风中飞舞。她用手把遮住眼睛的一绺头发拢到耳后，又弯下腰在已经挖过红苕的地里仔细翻着泥土，突然一根粉嘟嘟的红苕根露了出来，那是社员挖红苕时掰下不要的根须。外婆麻利地捡起来丢进背篼。那个竹篾背篼里已有小半篼红苕根，外婆只看了一眼，眼角便弯弯地笑了。

这是 1960 年秋天的一个傍晚，秋风瑟瑟带着寒意，但外婆不觉得冷，却是满心的欢喜。

“徐大娘，天要黑了，你还不回去嗦。”田坎上，一位面容浮肿带菜色的农妇口气略带愠怒地问外婆。外婆立起身朝那妇人应了句：“要走了，那为（俚语，谢谢的意思）你了！”外婆的回应里满是感激，眼睛朝那背篼看了看，脸上又荡开了笑容。

外婆是县城里人，在饥荒之年常到这个靠城边的生产队里捡些红苕根，有时还捡些稻谷回家晒干磨面和着野菜蒸糠粑吃。刚开始社员一见她就撵，说城里人国家有供应粮还来与他们争食。外婆也不生气，脸上挂着笑，有时还给社员唱几句山歌。时间久了，和社员们相处熟了，也就随她了。

那时我妈在医院妇产科工作，常见因饥饿倒在医院门口的人，或因饥饿无力生不下孩子的妇女，便常将在伙食团蒸的粑粑饭喂给那倒地的人和分娩的妇女吃。母亲饿了，下班就回外婆家，外婆总是边说救人要紧，边从锅里捞出红苕根或几个糠粑让我妈吃。

这时，外婆的脸上总是笑着的，有时还会唱几句山歌。

这是好多年后，我妈告诉我的。

完稿于 2018 年 11 月 16 日

此文 2018 年 11 月获《在场微散文》“苦寒秋”同题竞赛三等奖，入选《在场微散文》一书。

有一种友情叫牵挂

我躺在病床上，透明的药液正从高高悬挂的输液架上一滴滴地注入我的血管。此时正值隆冬，室外阴霾的天空下着雨雪，寒风不时从门缝往里灌。室内的空调也许出了故障，温度调到 26 摄氏度也不觉暖和。病房里有三张床，两张空着。房中所有的一切都笼罩在一片白色中。四周空寂无声，静谧中透着冷清。当日的报纸早已被我翻了个遍，随身携带的 MP4 也没电了，只好盯着吊瓶中一点一点往下滴落的液体，感觉正被一种无边的寂寞包裹。

突然手机响了，一个熟悉的声音传入耳膜：“你好些了吗？液输完了没有？”我一听是原工作单位负责科研工作的黄士鉴总工程师的声音，忙应答道：“正在输，谢谢你还打电话问候我。”原来早上我去输液时路遇他，知道我要去输液，简单说了几句话后便离开了。他在电话中说：“好长时间没看见你了，昨天还问了别人，才知道你已经退休，所以要了你的电话号码，想给你打个电话的，不承想今天就碰见了。”过了一会儿，他又发来一条短信：“老朋友，尽快恢复，多保重！今天看到了你，想起昨天要给你打电话的，但没有你的电话号码，今天就见到你了，很高兴，我的第六感还灵！”看罢短信，一股暖流涌上心头，笑容便荡漾在了脸上，那种寂寞的感觉已荡然无存。

液输完后回到家中，打开电脑上网收邮件，发现QQ面板上几个好友的头像在闪动，我知道有留言，便一一点开，内容几乎清一色都是问候。

我的心中如沐春风，脑中突然跳出“牵挂”这个词，我强烈地感受到朋友们在或近或远的地方牵挂着我。有人认为“牵挂”二字只属于亲人，可此时我亦真切地感受到牵挂其实也属于友情，不过它已不是一般意义上的友情，而是友情的升华。

在我人生的旅途上，曾结识了各种不同的人，也就与之有了各种相遇之缘，其间不乏我欣赏并想走近的人和欣赏我想走近我的人。随着岁月的流逝，这种相遇之缘在我生命的河流中起起落落。在缘起缘落之中，彼此能真诚相待的友情犹如大浪淘沙般被保存了下来，成为弥足珍贵的那种被称为“牵挂”的友情。

这种友情是当你在孤独、寂寞、伤心、快乐的时候都会想起；是彼此无论地位高低、财富多寡都会相互尊重；是没有虚情假意，不带任何功利色彩，也不需要去刻意经营；是在彼此最困难、思想最困惑、内心最痛苦时给予你实实在在的帮助，为你拨开迷雾，与你分忧解愁，让你的内心变得温暖的那种心灵与心灵共鸣的感动。

我庆幸自己在人生的每一个重要阶段，都一次又一次拥有这样的感动。

年少的我，感动于伏在朋友母亲背上温暖的感觉。

那年我十三岁，住校念初中，突然生病高烧不退躺在女生宿舍，父亲远在外地工作，母亲当时被人诬陷挨整，被工作组的人一天二十四小时看管着不准随意走动，根本不知道我生病的消息。我躺在床上正无助地哭泣时，突然我的同班好友陈泽民带着她的母亲站在了我的床前，原来我的这位好友请假回家把她的母亲带到了学校。当时学校距离县城有近三公里的路程，她们走到学校时已是晚上七点。好友和她的母亲把我从床上抱起来，背着我趁着月色往回家的路上急走，并径直将我送到看管我母亲的工作组那里，我们母女才得以相见，母亲在工作组的准许下将我送往县医院救治。其后的四十多年间，无论我们相隔多远，我与这位好友都相互牵挂着对方，而我只要回老家，也必定去看望她的母亲，因为当年那种在夜色中伏在她母亲背上时，所感受到的温暖和内心的感激，让我一想起来眼眶就有湿润的感觉。

青春时期的我，感动于朋友间真挚的情感和对我的细心呵护。

那时我十八岁，一个机遇让我从工厂调入乐山地委工作，并与机关里几位年龄相仿的少女结下深厚的情谊。我们单纯、坦率、快乐地工作和生活在一起，为彼此工作中所取得的每一点成绩而高兴，也相互倾吐着内心最隐秘的心思，甚至于抢读彼此的情书，分享着朋友初恋的幸福。当时的我虽然性格活泼开朗，却患上慢性肾盂肾炎招致身体异常纤弱，稍一着凉便感冒发病，一年中总有半数时间在吃药。于是被朋友们当成重点保护对象。记得有一年的冬季，天特别冷，洗澡便成为我发病的最大诱因。那时公共浴室内没有取暖设施，我每次淋浴后都要感冒，致使病反复发作，人也变得羸弱不堪。见此情况，好友秀珍、凤华便事先将浴盆消毒，放满热水后再让我浸泡于中，并不断往我身上淋热水，以确保不再受凉。在她俩的悉心照料下，那个冬天我没再感冒，病情也逐渐好转。后来我们几人中或因考上大学或因调动工作各奔东西，其间无论工作岗位如何变动，职务如何升迁与调整，生活遭遇怎样的不幸与变故，我们之间的那份友谊依然纯真如故，那份牵挂依然美好如初。

而立之年的我，感动于朋友的侠义相助，使我渡过了人生中最为晦暗的一段时光。

人到中年的我，感动于朋友的直言与激励，使我去除急躁与忧烦，将热情化为生命的真正动力，脚踏实地行走在人生的旅途上。

结束职业生涯的我，感动于朋友的善解人意，引领我进入文学的殿堂，结识了众多才华横溢的作家，重新萌生出文学创作的欲望，从此逃离失落与迷茫，继续演绎自己多彩的人生。

因了这众多的感动，我的生活才会绚丽如花，人生才有一路的美好。也因了这众多的感动，那首《相逢是首歌》便成为流淌在我心中最美的旋律，那歌词“你曾对我说，相逢是首歌……同行是你和我，心儿是年轻的太阳，真诚也活泼。你曾对我说，相逢是首歌……歌手是你和我……坚定也执着”，让我感受着友情带给我的温馨，感受着生命里程中所经历的种种幸福。

感谢相遇之缘，感谢这份令人牵挂的友情！

写于2013年10月

刊于《四川散文》2013年第5期、《琴台文艺》2018年第1期、“江山文学网”（晓荷·四季的故事）2018年3月28日。

心中的雪花在飘洒

——我与李致的忘年之交

这个题目，是在心里琢磨很久之后才确定的。

十年前李老过八十岁生日前夕，突然想到“大雪”这个节令是李老的生日，便一气呵成写出一首《心如雪花》的诗。诗为心声，在我的心里，李老是一位心地纯洁、正直善良、待人真诚、极富亲和力的德高望重的老人，而我也认为，那“大雪”与李老是有着某种神奇关联的，因为“大雪”的来临往往伴随着漫天飞雪，而那晶莹剔透的雪花正是李老高洁人品的象征，它在李老的人生征途上飘洒，也在我的心里飘洒。

与李老相识，是在2008年9月四川省散文学会文友部召开的《李致·终于盼到这一天》作品研讨会上。此前，我曾听说李致是原四川省文联主席，担任过共青团四川省委《红领巾》杂志和共青团中央《辅导员》杂志总编辑、四川人民出版社总编辑和中共四川省委宣传部副部长兼省出版总社社长、四川省政协秘书长；也是我国文学巨匠巴金的亲侄儿，是巴金《家》《春》《秋》三部曲中大哥觉新（原型人物巴金的大哥李尧枚）的儿子。那时我刚参加文友部活动不久，时任文友部部长的曹树清老师对我说李致的散文集《终于盼到这一天》出版了，文友部要召开一个研讨会，要我在会上做个重点发言。

我很惶恐，对于这样一位有着特殊身份与背景的文学前辈的著作，我只能认真拜读、欣赏、学习，哪敢在大会上当着李老的面做评论式发言？内心深感忐忑不安。但随着阅读的深入，那些笼罩在李老身上的光环竟然逐渐消退，从心中升起对作者本人的崇敬之情。这本书主要反映“文革”期间李老的亲身经历。读来宛如是一个历经沧桑的老人在与我面对面地促膝交谈。然平淡朴实之中蕴藏着对造化的感恩、对悲苦的豁达、对亲人朋友的深情、对党事业的忠诚、对丑恶现象的鞭挞和对十年浩劫的反思。我被文章中字里行间透出的真情所深深打动，便边读边记下感受，然后整理成一个发言提纲。

在研讨会上，我第一次见到李老。他腿脚有些不方便，走路时拄着拐杖，但脸色红润、慈眉善目、温文尔雅，说话声音洪亮却不失诙谐幽默，举止透着大家风范却平易近人，果然是文如其人，我对李老又多了一份崇敬。

也许是李老的平易近人，让我的心沉静了许多，我的发言受到参会者好评。会议结束后，曹树清老师让我按发言提纲写一篇评论文章，后来这篇题为《真情无价》的文章在《四川文艺报》和《散文潮》杂志上刊发。

事后不久，有一天我突然接到一个陌生电话，按下接听键，便传来浑厚、极富磁性的男中音：“请问，你是袁瑞珍吗？”我忙回答：“是的，请问你是哪个？”电话那头的男中音说：“我是李致。”我一听是李老的电话，非常惊讶。心想这么有名望的文学老前辈，怎么会给我打电话，莫不是曹老师叫我写的那篇文章出什么问题了？心里一下紧张起来。李老却在电话那头笑着告诉我说，他看到了《四川文艺报》上刊发的那篇《真情无价》的文章，就打听作者的电话，有了我的电话后，便试着拨通了电话。我忙说：“李老，我那篇文章是读了您的《终于盼到这一天》后，有很多的感慨而写的，但写得不好，请您多指教。”他说：“还可以。凡是给我的书写了评论或读后感的，我都要感谢作者。我们就算认识了，以后有机会请到我家里来，我们可以继续交流。”放下电话，心里如沐春风，不仅为李老的真诚而感动，更为李老的邀请而激动。便将这事告诉了朋友余启瑜大姐，没想到余姐快人快语地说：“我跟李老是好朋友，万郁文跟李老是亲戚，哪天我们约几个朋友一起去。”几天后，余姐、万郁文、刘小革、李临雅和我便来到李老的家。

按下门铃，李老开门，笑容可掬地让我们在客厅入座。进入客厅，我立刻感觉整个屋子浸润着一种浓浓的书香，只见桌上、沙发旁的矮柜以及书房一字排开的书柜上都整齐地放着各种书籍，不禁赞叹了一声：“哇，这么多书呀！”李老笑着说：“这只是一小部分，还有二十多个柜子的藏书放在原单位的宿舍里。”我脑中一下闪出“书香之家”这个词。客厅的矮柜上放着巴金老人的一尊铜铸的半身雕像，家人大小不一的各种照片摆放错落有致，沙发背面墙上醒目地挂着用镜框装裱的巴金老人赠送李老的一句话：“人各有志，最要紧的是做人。”电视柜墙上两侧同样挂着用镜框装裱的马识途老人的手迹：上联“莫放春秋佳日过”，下联“最难风雨故人来”。桌上放着几碟瓜果点心，玻璃茶壶里泡的茶冒着氤氲的热气，散发着淡淡的茶香，两只闹钟的秒针嘀嘀嗒嗒转着圈，好像在提醒我们，这屋子的主人是个极守时的人。

李老笑着说：“欢迎你们来我家里，我喜欢和年轻一点儿的文友交流，可以感受一点儿活力。今天的主题是聊文学，大家随意聊，时间控制在两个小时。”说着，用手指了指桌上的闹钟。

李老的话亲切又随和，我们立刻变得轻松起来，话题就从李老的书《终于盼到这一天》谈起。记得那天余姐谈兴很浓，郁文、临雅、小革时不时插话，而我几乎只是在倾听。大家聊到了《终于盼到这一天》出版的意义和它的史料价值，聊到了巴金老人坚持讲真话的不易。李老也讲了巴金在他十二岁时，赠送给他的四句话："读书的时候用功读书，玩耍的时候放心玩耍，说话要说真话，做人得做好人"对他一生的影响。并签名赠送我们《我的四爸巴金》《铭记在心的人》《李致与川剧》等书。此后朋友们又相约去过李老家几次，但每次我说话都不多。有一天李老给我打了个电话，说几次见面都没怎么听到我发表意见，可能是人比较多，时间有限的原因，哪天我到他家里，随意谈谈吧。听了此话，心里涌起一股暖流，为李老的真诚与细致、待人宽厚、平等、关心人、理解人而感动不已，于是便与李老约定时间并独自一人到李老家。那天我谈了许多，不仅谈了经历，而且谈到写作上的一些困惑。李老仔细地听着，时不时点点头。他说，写作的困惑谁都会有，但只要把握住"把事实写清楚，用事实打动人，而不是用词用抒情打动人。用朴实的语言，在文字中寄寓感情，有幽默感更好。我在写文章时特别注意三点：一是值得写的；二是必须掌握第一手材料；三是要用最朴实的语言和事实打动人"。李老的话让我豁然开朗，因为这不仅是他进行文学创作所遵循的原则，而且是传授给我的至理箴言。这次拜访，我们之间进一步加深了了解，李老在我心中的形象就更加丰满了。

在此后的交往中，他还时常鼓励我多读书，特别是读各种经典，读巴金的书，像巴金那样把心交给读者，这样才能创作出反映时代变迁、人民真实生活、令读者喜爱的文学作品。有一段时间我参加的活动比较多，静下心来写作的时间有所减少，发表的作品也不多，他便提醒我："作家要靠作品说话，要少参加一些不必要的活动，多花一些时间来读书和写作。"并时常询问我的创作情况。当我告诉他我想根据外孙女璐璐患白血病、与病魔抗争的经历，创作一部长篇纪实散文时，得到李老的大力支持。但当时我并没有把握，我不知道笔力能否驾驭得了这样悲壮的题材，也不知道创作的思路是否可行。于是在写了五个章节，题目暂定为《春天的梦魇》后，便将稿子发到李老的邮箱。李老看后给我打来电话，语气很肯定地说："读了，文字表达不错，目前写的几个章节内容很吸引人，按照这个思路写下去应该可以。"李老的话无疑给了我很大的信心，倾力完成了这篇六万字文章的写作，题目也修改为《穿越生命》，并收入我的散文集。当我将书送到李老家中，并请他和时任四川省散文学会执行会长的张人士先生做我加入四川省作家协会的推荐人时，李老欣然同意并在申请表的推荐人一栏慎重地写下意见并签字。我的入会申请被四川省作家协会审查通过。2018 年 6 月，《穿越生命》获得第八届"冰心散文奖"，很多读者和朋友纷纷向我表示祝贺，并希望我写出更多更好的作品，还对我提出要求"不断超越自己"。我突然感觉到一种无形的压力，因为要超越自己谈何容易！也担心以后还能否写出好的作品。正在我深感困惑与迷惘时，李老对我说："你要学中国女排，每一次从零开始。"这话犹如阳光，拨开了我眼前的迷雾。是呀，一切从零开始，丢掉负担，轻松上阵，我还是那个文学路上的逐梦人！

随着与李老感情的日益加深，我们几个文友对李老的称呼也由"李老"变为"李伯伯"。这些年来，我们除平时电话、微信联系外，一年总要去他家几次。他的家由市中心搬到金牛区后，我们依然乐此不疲地去与之相聚，而每次去，都会有一个交谈的主题，内容当然是关于文学和创作，桌上依然会摆放着几碟点心瓜果，杯子里早已蓄满了茶水，也一定会让保姆小涂或为我们炖一锅鸡汤，或准备几个素菜、买几个军屯锅盔，或请我们到外面的餐馆就餐，还事先给餐馆的老板说定，只能由他付钱，任何人付钱都不能收，否则以后就不来照顾生意。我们在李伯伯的家里竟也随意得如同在自己家一样，享受着这种既是朋友又有父爱的温馨，偶尔我们也各自带一个菜或到厨房做几个拿手好菜，大家其乐融融地边吃边聊。如遇李伯伯生日，还会各自表演一个节目，或唱一段川剧、唱一首歌曲、朗诵一首诗歌、拉上一支二胡曲、跳上一段民族舞，有时李伯伯也兴致盎然地参与其中。印象最深刻的是李伯伯八十八岁生日时，给我们表演的一段话剧。那是曹禺的话剧《雷雨》中周朴园的一段台词。李伯伯声音洪亮、字正腔圆、声情并茂的表演让我们大为惊异，热烈的掌声响过后，他才告诉我们，他青年时代的理想是当个话剧演员，但理想没实现，爱好却保留了下来。

就这样，我们和李伯伯一路走来，他高洁的品质和豁达的人生态度深深地影响了我，我们的忘年之交也变得日益珍贵，他的形象也早已幻化为洁白晶莹的雪花，在我的心里永远地飘洒。为了表达我的这种情感，就将写的那首诗作为此文的结束语：

心如雪花

——致李致

在“大雪”节令来临时
成都平原依旧葱绿一片
可我意念中的大雪纷纷扬扬
蓉城在漫天飞雪中披上银装

一朵雪花
——那是你啊
在“大雪”的日子里飞扬
从此你的晶莹
让心路变得坦坦荡荡

雪花飞舞着
在天空飘洒

找寻着自己的方向
巴金老人一句“要讲真话”
成为生命的原色
演绎着悲凉与旷达

雪花飞舞着
在天空飘洒
你那灼热的心
随着大地的脉动而跳荡
你用真情书写人世间的真实与善良
还有美丽与丑恶在笔下流淌

读你的书
犹如走入时光隧道
那逝去的岁月
绽放出迷人的光芒
读你的经历
犹如追赶一条小溪
触摸过的风景
让人心生景仰

雪花飞舞着
飘飘洒洒
融入高山阔水
化为水滴在歌唱
那字字句句饱蘸深情的文字

是献给大地最美的诗行

完稿于2019年11月6日

修改定稿于2019年11月13日

刊于2020年1月1日《四川文艺报》、2020年1月8日《西部故人来》微刊、2020年《琴台文艺》第1期。

第二辑　真情流淌

深情的凝望

2010年8月1日，当我从香港回到成都时，收到的第一条手机短信竟然是："我国核工业著名的核潜艇研制先驱、中国科学院院士、中国工程院院士赵仁恺同志因病于2010年7月29日17时30分在北京三〇一医院逝世。"这个消息来得如此突然，以至于我刹那头脑一片空白，随即心情变得无比沉痛，我怎么也不肯相信，我心目中最敬佩的长者，我们国家最优秀的核科技专家赵仁恺就这么静静地走了，永远地离我们而去了。我怎么也不肯相信，难道五年前我在中国核动力研究设计院建院四十周年庆祝活动中见到的那个精神矍铄、脸上露着慈祥的笑容、和我亲切握手合影的赵总，竟然成为生前我所见他的最后一面？

此时，赵总的音容笑貌浮现在我的眼前，而那一双凝视中国第一座核潜艇陆上模式堆时满含深情的眼睛，在这一刻从我记忆的深处凸显出来，如特写镜头般定格在我的头脑中。我的记忆回到了1994年的夏天。

那时我在中国核动力研究设计院任宣传科科长。有一天，我接受了一项特殊的任务，陪同中央电视台的两位记者采访拍摄赵仁恺，为中央电视台《东方之子》栏目制作节目。赵仁恺曾任中国核动力研究设计院总工程师、副院长和顾问，又是中国工程院和中国科学院的双院士，不仅是我国核动力科学与工程技术研究设计的奠基人和开拓者之一，也是国际著名的核动力专家。他先后参加了中国第一座重水实验堆和中国第一座石墨生产堆的建设。20 世纪 50 年代末他率领的技术团队首先提出了我国第一个潜艇核动力初步设计方案，1965 年开始作为主要技术负责人之一领导了中国第一艘核潜艇核动力装置及其陆上模式堆的设计、建设、安装、调试运行、退役的全过程，并荣获国家科学技术进步奖特等奖。要为这样一位为我国潜艇核动力技术的发展、为研制我国核潜艇、实现海军装备现代化建设做出巨大贡献的核动力专家，拍摄电视专题片在全国宣传，当时在我院还是第一次。因为此前这些都是国家机密，是不能宣传的，而从事这方面的专家学者们都与鲜花掌声无缘，只能是无名英雄。在院领导和有关部门的大力支持下，整个拍摄的组织工作进行得非常顺利，但拍摄的过程并不顺畅，有的镜头需要反复拍摄才能完成，特别是在办公室工作的情况就反复拍了十多次，年过七旬的赵总不免显得有些疲惫。但当我和摄制组的同志陪着赵总来到我国第一座核潜艇陆上模式堆工程大厅的门前时，赵总的精神为之一振，整个人立刻变得生气勃勃起来。这时，我看到赵总的双眼凝望着他曾经那么熟悉的大厅，眼里跳动着一种光泽，他转过身体慢慢地走着，在离大厅大概两百米的地方停下，两眼凝望着远处的群山，眼里的光泽依然在跳动。我突然明白，这跳动的光泽就是深情。

这深情的凝望就这样深深地打动了我，因为我从这凝望中读到了一种痴迷、一种坚韧、一种责任、一种自豪。当一个人将他的一生都奉献给了核动力事业，当个人的命运与祖国的核动力事业联系在一起时，这种痴迷、坚韧、责任、自豪便会化为一种奋斗的精神。

而这种精神便是中华民族得以生存、发展、壮大的根基。

赵总，您安息吧！ 您和无数核事业的先驱们所留下来的这种精神已成为我国核动力事业最宝贵的精神财富，正在被一代又一代新的核动力人传承和发扬光大，你们所开创的核动力事业将在新时期得到迅猛的发展，这将是对您最好的祭奠！

写于2010年8月8日

刊于2018年8月11日《中国核工业报》、《琴台文艺》2018年第1期，“江山文学网”（晓荷·四季的故事）2018年4月5日刊出。

心灵叶片

每期《堆谷风》发行时，都要举行一次作者创作座谈会。每次座谈会气氛都很好，大家的面部表情也很丰富，如同每期刊出的文章。所有认识的或不认识的，年老的或年轻的作者围坐一起，谈自己创作的意图与体会，或用欣赏的口吻谈自己阅读某篇文章后所受到的启发，有的虽一言不发，但我似乎也能从他眼睛中瞬间发出的一丝亮光和略带微笑的面容上，体味到他内心的欣喜或感慨。在这样的座谈会上，我的内心常常被一种温软的情愫所包裹，总有一份感动在涌动。

当今社会，很多东西都已被物化了，金钱与地位成为衡量一个人价值的重要标准，太多的人都在为自己财富的积累和地位的提升而费尽心思，而能让自己的内心保有一方纯净的精神园地，用纯净的文字去耕耘的人似乎已不多了。

但可喜的是，在中国核动力研究设计院这片沃土上，《堆谷风》这份文学期刊，如一株破土而出的小草，沐浴着融融的春风，在一群痴迷于文学的耕耘者的精心呵护下，正在努力地舒展自己细微的叶片，努力地让自己发出淡淡的草香。

这叶片上的经脉是“核院”生活着的人们身上发生的故事，而淡淡的草香则是创作者们纯净的心灵与飘逸的文字。

这些穿越心灵的文字，宛若一株亭立的幽兰在吐露着芳香，又宛如一股清新的风从山谷吹来，让我们在喧嚣和不断物化的生活中，感受着在神秘的核科技王国里，那群年轻的和不年轻的科技人员独特的工作、生活经历与情感，品味着他们对中国梦的解析与平淡生活的情韵。

写于 2007 年 6 月

刊于《堆谷风》2007 年第二期卷首语。

灿烂瞬间

那是无比艳丽的一朵花。

它叫依米花。

依米花在曙色中灿烂孤独地绽放，以一身的绚丽傲视着茫茫戈壁。

这是我无意间在一本杂志中见到的一幅图片，刹那心为之一颤。于是我在《辞海》和植物学的书籍中查找它的有关资料，但并没有收获。

传说中这是生长在非洲戈壁滩上的一种植物。它的花非常奇特，每朵花有四个花瓣，花瓣呈莲叶状，每瓣自成一色，红、白、黄、蓝，姣妍无比。植物的生长需要水分，而开花的植物对水分的需求更大。非洲一般植物都有庞大的根系采水，以供自身的水分需求。但是，依米花没有庞大的根系，它只有一条主根，孤独地蜿蜒盘曲着钻入地底深处，寻找有水的地方。

那是一个需要付出顽强努力的过程。传说一株依米花往往需要大约五年的时间在干燥的沙漠里寻找水源，然后一点点积聚养分，在完成蓓蕾所需要的全部养分后，在第六年春，才在地面吐绿绽翠，开出一朵小小的四色花。但仅仅两天，这美丽的花儿就凋零了，在耗尽了自己所有的养分后，随母株一起香消玉殒。

用五年扎根、第六年吐蕊、两天的花期，在非洲干旱灼热的戈壁滩上，这是一个多么艰难而又痛苦，多么执着而又热烈的生命历程啊！这简直就是一种生命的极致——把轰轰烈烈的生命悄然化为了短暂的美丽。

从此，这幅图片，不，应该是这株叫依米的植物永远活在了我的心中。

从此，依米花用生命的智慧给了我启迪，那就是：“只要生命一次，就要美丽一次。”

写于2009年7月

刊于《中国核工业报》2009年7月29日副刊版、《散文潮》2010年春季卷。

徜徉书境人自乐

一日，一位久未谋面的朋友远道而来与我小聚，言谈中透着几许落寞。当得知我先生因常年出差在外，女儿也有了自己独立的生活空间，平时又不打牌、跳舞，时常独自一人在家时，竟触动心弦，很是伤感了一回，又幽幽地问我："你不感到孤独与寂寞吗？"我点点头说："有点儿。"她紧盯着我的脸看了看，随即摇摇头说："不像，你好像过得蛮滋润嘛。"我笑笑，没再回答，便将话题转移。

在回家的路上，那个关于"孤寂"的话题却一直萦绕在我脑际。我在心里问自己："你孤独吗？寂寞吗？"回答是肯定的。到家后，我扔下手中的拎包，直奔镜前，细看镜中的我虽额上岁月的痕迹又添了几道，焗过黑油的发根上白发又显露些许，但笑意盈盈的脸上依然透着热情、自信，唯独没有捕捉到孤独与寂寞的影子。望着镜中的自己，我疑惑不已。

当我半卧在床上，习惯性地拧开台灯，从床头柜上放着的一摞书中抽出一本，惬意地徜徉在文字构成的世界里时，我突然明白，那个疑惑不已的问题有了答案，那就是：读书让我远离孤独，欣赏美文让我不再寂寞。

常常在节假日的闲暇时间里，打开电脑上网点击“榕树下”等文学网站，或从书柜中取出一本藏书，进入文学的世界而流连忘返；或在寂凉如水的夜晚，捧书一本半卧在床上阅读，畅游于书境而浑然顿忘“今夕是何年”。阅读中，常为一段突兀的幽默独自开怀大笑，为一场凄美的爱情故事泪流满面，也为一段人生感悟而顿觉风清月朗，更为读到符合自己心境的诗文而欣喜不已。就这样年年月月地阅读着，月月年年地徜徉在书境中寻找着自己的天空、自己的快乐。

我的读书笔记上曾摘录哲人孟德斯鸠的名言：“喜欢读书，就等于把生活中寂寞的时光换成巨大享受的时刻。”

难道不是吗？

当我漫步其中时，我会感到那里有缕缕阳光，抚慰我烦躁或孤寂的心灵，让我对生活多一些理解与期待；那里有春风，拂荡我困狭的胸襟，让我对人情冷暖世态炎凉多一份旷达与释然；那里是无声的，却有着喃喃细语，袅袅乐音，有惊涛拍岸、仰天长啸、战马嘶鸣、炮声轰鸣，有大自然绝妙的独奏或交响和“人籁”“地籁”“天籁”的余音悠长；那里是无形的，却有古往今来英雄豪杰的丰功伟业和庶民百姓的人间际遇，有海洋冰川、江河湖泊、山川原野千种景致万般风情。我和书中的景物对望，令我心旌摇曳，目迷神驰；和书中的人物交流，亦喜亦悲、亦嗔亦怒，体味着人生百味和世事沧桑。

徜徉其中，我会真切地感受到，我的生命虽然短暂，却仍可穿越时间隧道探访古往今来的奇闻逸事；我的人生虽然平凡，仍可染上墨香让生命不再平庸；我的钱财不多，但精神富有让生活焕发炫目的光彩。

读书使我脸上的愁云随优美通达的文字而舒展；读书使我不羁的灵魂有了一个停靠的驿站；读书使我在处理复杂棘手的问题时变得处变不

惊、见怪不乱；读书使我精神充实，变得热情、开朗、坦荡又快乐。

于是，我给那位远方的朋友发了一封邮件，告诉她：读书吧，徜徉书境人自乐！

写于 2003 年 6 月

刊于《中国核工业报》2003 年 8 月 6 日副刊版、《散文潮》2008 年春季卷、《格调》2019 年第 11 期，“江山文学网”（晓荷·四季的故事）2018 年 4 月 13 日刊出。

浓浓年味惹人醉

鼠年在中国人的大悲大喜中渐行渐远，牛年在凛冽的寒风中迎着春天的气息向我们走来。

“要过年了”，这四个字让人心里充满了温馨和愉快的感觉，因为对我们来说，再也没有什么比春节更吸引中国人了。在全球化浪潮中，人们的衣食住行和许多观念都在受西方文明的影响，唯有春节，让我们仍然保留着中国人的传统习俗，而那些习俗是流淌在中国人血脉中的永恒。所以现在的中国人依然像我们的祖先那样重视这个节日，依然把吃年夜饭、贴春联、放鞭炮、守岁、祭祖、拜年等春节的仪式进行得有条不紊并热闹非凡。

为了这些仪式，远离家乡的中国人，或如我等这些吸收了一些西方文明观念的人，既安排了外出登山观景，也如信徒朝圣般地怀着一颗与家人团聚的急切心情，在春运的浪潮中携一身尘土、披一肩雪花，然后回到家中细细品尝亲情的那份淳厚与馨香。一如哲学家伽达默尔对节日的论述：节日，是一种我们与祖先相会的仪式。

中国人春节的仪式就在祖先的俗定约成中这么不经意地又是那么神圣地来到了我们面前，于是，那份年味，借助着媒体的渲染和商家们竭尽全力、花样翻新的促销活动与铺天盖地的吆喝，就在我们心中浓郁起来——尽管汶川大地震的隐痛还在，丧失亲人与朋友的悲伤还会不时涌上心头，还有金融危机的阴影，或许还有一些工作和家庭琐事的烦恼，却丝毫没有影响我们在忙碌中体验那份浓浓的年味，真实地高高兴兴地去感受春节带给我们的那份愉悦。因为，春节不仅仅是中国人的文化胎记，在今年还有着更为特殊的意义——那就是地震灾区的人民用信念、坚强与达观堆砌起来的重建家园的喜悦之情和感恩之心。

春节，浓浓年味让人醉！

写于 2009 年 1 月 20 日

刊于《中国核工业报》2009 年 1 月 24 日副刊版。

丹棱的天空在飘雨

秋雨绵绵地下着。

我走进一座宁静精致的小县城——丹棱。

撑一把白色的透明雨伞，沿着湿漉漉的石梯拾级而上，我登上了大雅之堂。是的，这不是梦境，这的确是大雅堂！丹棱的大雅堂！当我伫立在这座飞檐翘角、古香古色、气势恢宏的建筑前时，我依然如第一次见它时那样，被那种儒雅与高贵震撼得说不出一句话。

秋风在我的面颊上恣意地拂荡，秋雨在我的雨伞上肆意地滴答，此刻，我的心就被这秋风秋雨携卷着飞向大雅堂。

飞向大雅堂的还有一个身影，虽然我看不见他的身影，听不见他说话的声音，可我却分明感觉到他的存在，他就在我的身边，悄无声息地笑着，那汗湿衣衫的后背在我的眼前晃动着，晃动着……

眼前的大雅堂，是丹棱县 2014 年建起来的。大雅堂坐落于大雅公园内，内设一主殿和八大展厅。馆内既有传统的诗书画廊，又有集数字化声光电为一体的现代传播平台，还有极具诗情画意的园林建筑，那楼台亭榭、小桥流水、绿意盎然的各色植物花草，把大雅堂点缀得既典雅又庄重。虽说是新建的建筑，可它蕴含的历史，却要追溯到九百多年前的宋朝。那时的宋朝，因杜甫、黄庭坚、杨素三个人的结缘，让丹棱这个僻静的小地方，从此成为中华大地上不朽的文化符号。这座集黄书墨宝、荟萃杜诗碑林，洋溢着乡贤义举的圣地，虽毁于明末战火，碑碣无存，然而这座大雅堂一经问世便获永生，九百多年间屡毁屡建，可无论它存在与否，“大雅堂”早已成为中国人心中的圣地而千古流芳。

我进入大雅堂主殿，三尊栩栩如生的人物塑像伫立堂前，那是唐朝诗人杜甫、北宋诗人黄庭坚、丹棱义士杨素，三人塑像的背景是黄庭坚的手记《大雅堂记》。可不知为什么，我的脑海中却叠印出一本装帧精美的书的影像，这本书在我的脑海中，被一双看不见的手由远及近地推送着，及至铺满眼前。那本书的封面上写着《千古一梦大雅堂》，作者是伍松乔。

历史文化有时是由机缘续写而就的。如果没有唐朝杜甫在成都留下的一座草堂和灿烂的诗歌，如果没有北宋黄庭坚对杜甫的崇拜敬仰，在丹棱刻写下有关杜甫诗歌的三百多个石碑，如果没有丹棱义士杨素的义举，出资于北宋元符三年（1100 年）建起了大雅堂，恐怕这被后人称为“诗书合璧”的人文雅韵也就不会出现在丹棱了，也不会成为丹棱人和整个华夏民族呼唤“雅者，正也”的浩然之气、成为弘扬中华大雅文化的神圣殿堂了。

丹棱，这座小城就这样在历史的某个交集点上，为中华文化留下了传神的一笔。当历史进入公元 2011 年，丹棱人民在抒写壮丽的新时代篇章中，又再次把大雅文化的神韵挖掘出来，将复兴悠久、灿烂的历史文化，唐宋诗书文化与当代和谐文化融为一体作为兴县之魂，开始了重建大雅堂的恢宏之举。而这恢宏之举，在这个历史点位上，同时也催生了伍松乔先生以大手笔勾画出的大雅堂“千古一梦”宏阔的历史长卷。他用两年时间，用他睿智、犀利、细致的笔触，以深沉的史家情怀和文化担当，为丹棱人民、为中华儿女留下了史诗般的《千古一梦大雅堂》。在这部书里，我们看到的是集大雅堂近千年兴衰沉浮的历史和当今丹棱经济文化、城乡变迁、社会转型、旅游发展等一体，声情并茂地抒写大雅堂波澜壮阔的前世今生，并首次给予全方位的立体展示。无疑，这又是大雅堂的另一座文化丰碑！这座丰碑将对丹棱的经济文化建设起到不可低估的作用，甚至对整个中国大雅文化的传承，起到重要的作用。

“历史文化有时是由机缘续写而就的”，我的脑海里又冒出这个已经被我使用过的句子。不过，这里的重复，却是要用松乔先生在《千古一梦大雅堂》的前言中说的一段话来印证。他说：“世间非常之事，看起来偶然，实则必然，皆须当其时、有其人、得其所，天地人合，方能发生。”难道不是吗？丹棱如不重建大雅堂，松乔若没有对中华灿烂文化传承的情怀，不对大雅堂产生浓厚的兴趣，不付出艰辛地搜集、整理、印证文献资料、采访、考察现场，这千古一梦的书写，能诞生在松乔手里并成为他的绝笔之作吗？

丹棱的党、政领导和普通读者敏锐地察觉到这部书的历史文化价值，于是在 2017 年的 10 月 11 日，在高贵典雅的大雅堂，眉山市、丹棱县政府和四川省文化界人士及众多读者，为松乔先生举行了隆重的《千古一梦大雅堂》新书首发式暨读者分享会。我受松乔先生之邀，荣幸地参加了这个活动。

我清楚地记得那天大雅堂隆重喜庆的气氛，清楚地记得松乔先生被丹棱县政府授予荣誉市民称号时他脸上灿烂的笑容，也清楚地记得，与松乔先生在那面很大的印着《千古一梦大雅堂》书的海报前的合影。照片上的他穿一件红色的格子 T 恤衫，外穿深灰色的外套背心，脸上神情怡然，轻松地笑着，显得格外洒脱。可我哪里知道，这怡然、洒脱的笑竟然成为我们的永别！就在新书首发式后的第二十三天，松乔先生因突发疾病永远离开了这个世界，离开了他热爱的文坛，带着他呕心沥血写出的不朽绝笔《千古一梦大雅堂》，去追寻唐宋先贤的足迹，和着诗圣杜甫、文星黄庭坚、义士杨素，共同奏响“雅者，正也”浩然之气的大雅之音了。

一年后的今天，在 2018 年的 10 月 19 日，当我再次登上大雅堂时，心里充满了对松乔先生绵绵不绝的思念，伴随着一声叹息，这思念便化成了雨，化成了风，在这个有点阴冷的秋日，弥漫在丹棱的天空，弥漫在大雅堂的每一个角落。

突然，我看见了大雅堂里的一棵树，那是一棵银杏树，金灿灿的叶片正在风中舞动，雨飘飘洒洒地下着，金色的叶子如蝶般飞舞着飘落到地面，地面上一层灿灿的黄，我的心突然悸动了一下，我走近那棵银杏树，抬头看了看天空，突然记起，松乔先生去年也曾在这棵树下，仰头看过天空。

不过，那天丹棱的天空没有雨，而今天，丹棱的天空在飘雨……

写于 2018 年 11 月 12 日

真情流淌

我怎么也不会想到，《穿越生命》一书出版后会在读者中引起不小的反响，更不会想到，这本书会获得全国第八届“冰心散文奖”。

轻轻抚摸着这本书的封面，宛若抚摸着自己最心爱的孩子，掌心里传来的那永不消失的痛楚，那一丝温暖、感动，那一声感慨、叹息，拨动着我的心弦。此刻，时间于我，又有了一次穿越，我似乎又回到昨天、去年乃至流失岁月中的某年、某月、某日、某个时辰、某个一闪而过的瞬间灵感……

《穿越生命》一书的出版，让我内心充满了感激。此书是《四川省散文名家自选集》第3卷中的一本分册。这套书是四川省散文学会为加强四川省文化建设而做出的一个有益的决定，为收集整理四川散文名家作品而策划推出的一套丛书。它是由时任学会常务副会长张人士提出，经学会讨论研究决定，请知名的、有文化担当和社会责任感的企业家赞助而出的书，从2015年开始到2017年已出版3套。我省著名作家和实力作家马识途、李致、王火、卢子贵、高缨、流沙河、魏明伦、徐康、周啸天、伍松桥、梁恩明、杨泽明、何映森、杨雪、金科、乔德春等人的散文作品收入此套丛书。出书的思路和原则是，既要把四川散文名家的作品整理保存下来，又要推出一批有实力的作家进入这套丛书，以充实和丰满四川省散文作品和作家队伍。我对自己的作品进入这套丛书，是深感不安的。我认为自己无论怎样都没有资格进入这套丛书，曾征求过好些文友意见，他们都鼓励我，特别是卢子贵会长和张人士常务副会长，都认为这本书内容不错，最终有点不自量力地进入了这套丛书。这本书尚未出版前，其中的长篇纪实散文《穿越生命》是在我原工作单位中国核动力研究设计院《堆谷风》杂志上首发，于2017年分四期连载的。这个作品完成后，我首先想到的是应在我们院的杂志上首发，因为我是院堆谷风文学社的创立者之一，也曾担任过第一任社长，应支持这个刊物，同时也想试探一下，这部作品能否与读者引起共鸣。没想到连载后，在我们院的读者中引起了很大的反响，一些我不认识的读者还颇费周折地打听到我的电话，与我进行电话交流，谈读后的感受，并询问在哪里可以买到此书。这也是我出版此书的原因之一。

大部分读者在看了《穿越生命》后，都感动得流泪不止，彻夜难眠。有的读者告诉我，读后脑海中全是书中主人公璐璐的影子，他们问我，这些文字读着都觉得痛彻心扉，不知我写作时经历了怎样的痛楚，是怎么坚持着写下来的，为什么要写《穿越生命》这部长篇散文？甚至有读者还问我是如何构思这部作品的。

的确，这部作品的写作过程是非常痛苦的，类似于把尚未结疤的伤口又撕裂开来，血淋淋的，疼痛不已。我常常是边写作边流泪，擦眼泪的纸巾在桌上堆了一堆，常常是写着写着就写不下去，前后差不多用了三年的时间才完成。既然这么痛苦，为什么还是要写？因为我亲身经历的这件事太刻骨铭心，我觉得人需要柔软、温暖的东西，特别是在人们普遍追求物质层面的东西，人心也变得麻木、自私、冷漠的情况下，有这种责任和义务把我对生命的尊重、人与人之间的真诚、善良、人性的光辉、孩子的坚强以及生活在最底层人们遭遇重病袭击后所面临的困境、人与人相互之间的理解等这些具有时代特征的东西表现出来。我这篇文章里描写的所有的人和事，其实都是为了表达我的一个主题："爱能穿越生命，一旦我们把爱、真诚与善良给了别人，自己也会收获生命的美好！"

《穿越生命》是一篇纪实散文，有近六万字，如果处理不好，在当前这种快节奏的生活状态中，是很难让人阅读下去的，所以必须在写作上有所突破，这对我无疑是一个很大的挑战。在酝酿、构思时就有一个想法，用散文的笔调写，运用好情节、细节来烘托人物，运用倒叙、插叙等手法把很多的素材用进去，用真情贯穿和统领全文，在文章开头强势切入，抓住读者的心，同时每个章节环环相扣，以增强可读性。想是这样想，但是否能达到这样的效果，心中是忐忑不安的，也不知道这样的尝试会面临怎样的结果。文章写出来后曾经送给李致、李治修、余启瑜、万郁文、刘小革、李临雅、王大可、金科等好几位文友看，他们都给予我极大的肯定，提出了很多修改意见，这不仅给了我信心，而且让我的思路更加清晰，文章修改时也就更有了方向。

《穿越生命》还有三辑分别是"悠悠心曲""山水行吟""评论和后记"，记叙的都是我的真情实感，好些文章分别被选入一些选本，也有的文章如《沉醉喀纳斯》获第二届四川散文奖和其他文学奖项。另外这些文章篇幅最长的近六万字，也有一万字、四五千字、两三千字的，还收入了好几篇短文，最短的《海枯石烂》只有两百多字。这个也是我的一种尝试。

《穿越生命》正式出版发行后，在读者中引起的反响是出乎我意料的，认为同名长篇散文《穿越生命》很感人，催人泪下，看完后一夜无眠，头脑里都是书里的那些细节和情景，让人揪心、感慨。有的读者说

《穿越生命》这篇文章，把纪实散文写得像小说，具有很强的可读性；又写得像抒情散文，很唯美，很感人，把友情、亲情、爱情表达得淋漓尽致。能一口气看完，但看到的是感动而不是悲哀，是积极努力而不是妥协，是爱聚集的力量而不是埋怨责备，所以看起来心里不堵得慌，而是能一鼓作气读下去。还有的读者认为我用凄美的文字为璐璐建了一座纪念碑，让她小小少女的形象在鲜活的文字里永存。有的认为这部作品具有很强的社会意义，因为记录了人类伟大的情感——爱情、亲情、友情，记录着对生命的理解与尊重，看到的是闪烁的人性的光辉……这样的人性美早已超越了亲情，是人间的大爱！

由于《穿越生命》出版后在读者中引起的反响比较大，在 2018 年 10 月 25 日，我原工作单位中国核动力研究设计院宣传部、堆谷风文学社为《穿越生命》召开了隆重的研讨会，单位领导、读者代表和四川省文化界、省作协的领导、专家、学者参加了研讨会。对《穿越生命》的社会和思想意义、写作技巧、艺术特色等展开了全方位、多角度的探讨，充分肯定了《穿越生命》的社会、思想和艺术价值，获得“冰心散文奖”是对我散文创作的肯定，同时也对作品存在的问题提出了尖锐的批评意见。四川省散文学会副会长郎德辉认为，《穿越生命》是对大散文文本的全新表达和作者对传统散文改良所做的探索，在四川散文的深化和拓展方面具有代表性。在文本的题材性质、结构类型、人物塑造和表达手法诸方面实现了重大突破，对传统散文文本进行了改良，走出了散文创作的“沼泽地”。从传统散文“小我”“小爱”，延伸到关注生命、关注人性、关注社会的“大爱”，这种“生命高于一切”的理念贯穿于该文的主题，以及作者亲历“灾难真相”的写实风格，很典型地运用了西方现代派的自然主义的表现手法。这种追求绝对的客观性和崇尚纯真和自然，对现实生活做记录式的写真，颇为感染人、打动人，使《穿越生命》成为一部对大散文文本的全新表达的非虚构类作品。同时也指出它在政论性表达上的不足，把作者的“爱”抒发到了极致，但在批判性方面用墨不多。当代散文流派“在场主义”创立者周闻道先生认为《穿越生命》一书符合在场主义散文的特色。是以在场的姿态来抒写，不仅仅是身体在场，且达到心灵在场；作品采用了隐忍的冷抒情；所有感情在叙事中呈现；在细节处理上很到位，增加了文章的感染力。所有的文章用一个贯穿始终的“情”来表达对对象世界的发现。再用这个“情”去品读她的作品就会发现，无论数万字的长篇，还是几百字的短章，无不触摸到那个“情”的涌动，即亲情、友情、爱情、人情。但同时也指出，如果把书写放置于更广泛深刻复杂的社会环境，去除现象的遮蔽，从源头上追索与发现悲剧的成因，把个人的痛与社会的痛的脉络打通，并寻求疗治之策，文章会有更加宏阔的气象与意义。叙述的简洁也会更加增添文章的艺术美感。评论家李治修则认为《穿越生命》一书，以精致简约的结构、高昂激越的旋律、明快爽飒的节奏、华丽纤秾的辞藻、热情奔放的文风、隽永含蓄的意蕴、精警奇突的哲思形成了诗意美的鲜明特色。用激情饱和的笔触，给读者以强烈的感染，将读者带入诗意的娱情审美之中。在作品的结构上具有诗的韵律和动感，往往以诗意的跌宕方式、时空场景变换方式，实现行文间的衔接和递进，形成诗一般的意蕴，具象化为豪迈激越的文风、荡气回肠的大气、婉转复沓的抒情、火花飞迸的哲思。在用词遣句上，语言灵动而优美，让人感到新奇别致，在修辞上色彩秾丽，有如油画般的斑斓；在情感上具有强烈的冲击力、感染力和吸引力等。江铭记认为：“《穿越生命》一文中，作者对生活的理解，对人的心理解构，对事件的透析能力，以及主题思想的开掘，都是一次‘井喷’式的迸发。一篇好的作品，应该有一个相应的好的结构来容纳，有一种独到的技巧，将所有不断变换的时空中出现的人、事、物天衣无缝地安排进去，使作品产生极大的艺术魅力。”还有的学者认为作者很好地处理了细节，达到了“意在言外”的效果，等等。

这些褒扬和批评，特别是批评，对我而言弥足珍贵，对我以后的创作无疑将起到很大的指导作用。同时，也让我进一步认识到，文学创作，特别是散文创作，能拨动读者心弦的，唯有真情！而真情是散文创作的灵魂所在，这也催生出我对散文的一种创作态度：散文是情与思的结晶体。丰沛的情感与睿智的思想碰撞所产生的火花，无论将永恒闪亮还是在瞬间熄灭，都是生活的真实存在。唯愿用心倾诉真情，用情演绎生活。

2019 年 6 月 25 日完稿

第三辑　永恒记忆

高贵的弯腰

那片气势恢宏的葡萄园，总是在我的脑海中浮现，宛如一幅色彩斑斓的油画，令我回味不已。但更令我震撼、铭刻于心的是葡萄园里一个老人的弯腰。

那是六月下旬的一天，暑热毫无防备地突然而至。灼热的阳光躲在厚厚的云层之中。天阴沉着，暴雨突然倾盆而下，雨水涤荡着燥热的暑气，也把东坡故里眉山的远山近岭洗涤得纤尘不染、葱绿一片。此刻，雨幕中的生态葡萄园，聚集了来自全国各地一百多位荣获第八届“冰心散文奖”的获奖作家。宽阔的接待大厅里，桌上摆满了刚从葡萄架下采摘的一串串闪烁着诱人光泽的葡萄。作家们品尝着甜美的葡萄，随意地交谈着，脸上洋溢着兴奋的神情，似乎还沉浸在昨日隆重喜庆的颁奖典礼中，又好像对今日的采风活动充满了期待。

如注的大雨骤然停止，天空露出了一丝明媚的阳光，作家们走出接待大厅，踩着湿滑的路进入葡萄园中。葡萄园的三万亩园地被白色的塑料大棚覆盖着。大棚里，葡萄树碧绿的枝蔓灵动地攀附在葡萄架上，那铺天盖地、一排排一片片连天接壤如碧玉、如玛瑙、如黑宝石般晶莹、如美人翘指般娇羞、如蜜糖般浓香四溢的各种名贵葡萄，调动着作家们的情绪，触碰着我们的灵感，心里竟生出些感慨：这趟采风后，作家们不知会写出多少锦绣文章美妙诗歌！

突然我看见一个熟悉的身影。是的，这是一个熟悉的身影，虽然昨天才认识，不同的是，昨天她穿的是一件剪裁合体的灰色碎花连衣裙，一条有红色玫瑰花坠子的长项链垂挂在胸前，将年已八十多岁的她衬托得美丽、时尚又优雅，今天则穿了件蓝绿色T恤衫，手中还拄着一根拐杖，正迈着缓慢的脚步，与陪同在身边的眉山市文联主席王莉茹女士行走在葡萄园中。我和张人士、乔德春、蒋大海等几位川籍作家快步向她走去。

“吴青老师您好！”我轻轻叫了她一声。她侧过脸，见是我们，便笑了，也许她与张人士先生是早就认识的朋友，或许也认出我就是昨天与她合影的作家，便边走边与我们亲切交谈起来。能与吴青老师共同漫步在满目清幽的葡萄园里，感受现代农业的恢宏壮观，聆听她发自肺腑的真情实感，对我而言，实在是难得的机会。因为吴青老师也像冰心先生那样，是我敬重的一位老人。

吴青是冰心先生和社会学家吴文藻的女儿，北京外国语学院的教授，20世纪70年代曾在中央电视台主持过《星期日英语》节目。80年代初从美国进修回国后，从事美国社会与文化及研究生的现代美国社会教学工作。从1984年至2011年，她曾连续担任七届海淀区人大代表，连续四次当选北京市人大代表。吴青的母亲冰心曾是全国人大代表，在女儿第一次当选海淀区人大代表后，她送给吴青一本1982年版的《中华人民共和国宪法》。从此，吴青开始运用宪法所赋予的权力，积极为选民进行维权活动，被媒体称为“手拿宪法的人民代表”和“最犀利的人民代表”。这次作为贵宾应邀参加在眉山召开的第八届“冰心散文奖”暨中国散文高端论坛，她的到来，让获奖作家们如见到冰心先生般亲切、温暖与激动。

此时她侃侃而谈的优雅神情，让我想起了她在昨日颁奖典礼上的精彩发言。

那是我第一次见到吴青老师。站在演讲台上的她，面容清瘦，精神矍铄，眼里跳荡着一抹情、一团火。她的演讲始终围绕“人、爱、信”三个字进行。当她手拿一张写有“人”字的卡片时，深情回忆了母亲冰心对自己最重要的影响就是如何做人的事例。她说：“世界上所有的名著，包括我们这次获奖的作品，最重要的就是写人、人性、人格、人权。妈妈在我很小的时候，就教育我，每一个人，不以他的地域、性别、贫富、地位高低，不管他是世界上哪一个角落来的，只要他是人，就应该得到尊重，因为你只有尊重别人，才能尊重自己，我们还要尊重生命、尊重大自然。”她拿出一张写有繁体字“愛”的卡片说：“妈妈冰心从小就教育我，要懂得什么叫爱。大家记住，繁体字‘愛’的中间部分是有个“心”字的，只有用心去爱人、爱大自然，这才能叫爱。”接着她又高举着写有“信”字的卡片，激动地讲解了她对“信”这个字的理解，她说人言就是“信”，人要说真话，散文就是要有真挚的感情，用真实、真诚，真心写作，而不是假大空，口号式的编造。她认为，“冰心散文奖”获奖作品更应该反映出人与人之间的关怀与爱，不光是中国人之间，还要反映世界各地人民之间的深厚情感。最后她用母亲冰心先生在 1994 年 7 月 13 日写的一句话勉励大家：“获奖是认真努力写作的开始”，并深情地叮嘱大家：优秀的散文始于爱，止于信，希望大家能不忘初心，坚持最真的创作。她的演讲令人耳目一新，会场上响起经久不息的掌声。

我的耳畔回响着吴青深情而真挚的话语，葡萄架上那熟透的葡萄在绿叶的掩映下绽开着笑脸，宛若我对散文一往情深的理解与眷恋，我做了一个深呼吸，心里充溢着一份美好的情感。

就在我神思缥缈，构思着要从哪个角度切入将这份情感记录下来的时候，突然，吴青老师停下了脚步。她用力将手中的拐杖杵在地上，借助拐杖的支撑，慢慢弯下腰，拾起一个白色塑料袋，皱着眉头说了一句：“真是煞风景呀，这么美的葡萄园，是谁乱扔垃圾呢？！”瞬间，我们所有跟随在她身边的人，都被她这个举动震惊得呆了般说不出话，王莉茹女士伸手扶着她，一行人静静地走着，谁也不愿打破这沉默。一会儿吴青又站住了，弯腰拾起了一个矿泉水空瓶，又再次弯腰拾起了小路边的两个烟头。她拿着烟头，摇了摇头，看向了我，说了句：“这个可能是吸烟的男人们丢的，为什么要在葡萄园里吸烟呢？为什么要乱扔烟头呢？”我们仍然沉默着，没有人说话。突然我们中有一人反应过来，忙叫人拿来一个塑料袋，将她手中的垃圾放到袋子中。就在这短短的大概两百米的小路上，吴青共五次弯腰拾起地上的垃圾。我的心里早已翻江倒海，深为吴青老师这个弯腰的动作而钦佩、感动。我相信当时在场的人一定也是被她的举动而震惊、而感动、而百感交集，否则何以解释都呆了般没反应过来，也随着她去拾地上的烟头纸屑并沉默不语呢？

我看着吴青，陷入沉思，想着这样一个问题：我虽然对不讲文明、破坏生态环境的行为深恶痛绝，也曾在写有关环保的文章中，大声疾呼提高文明素养，爱护地球母亲。但是，如果我见到地上有烟头纸屑、塑料制品时会主动弯腰去拾起来吗？我的回答是：见到这种现象我会习惯性地反感，也许会感叹、会抱怨，嘴里会冒出“怎么这么不自觉，素质太差了”等话语，但我可能不会主动去捡拾地上的垃圾。也就是说，我所谓的环保意识、生态意识仅停留在感性阶段，也就是发几句牢骚而已，但发牢骚能解决问题吗？我突然感到自己的可悲，而我身旁的吴青老师，则用行动向我们展示“从自己做起、从小事做起”的高贵品质，而这高贵的品质既是社会责任感的体现，更是对冰心先生“人”“爱”“信”的传承。

我很遗憾没能用手机拍下这个瞬间，但雨后葡萄园里吴青老师那高贵的弯腰，已深深地印在我的脑海中。

完稿于2018年9月19日

刊于《大洋文艺》2019年1月29日《榜样力量》栏目、2019年2月《琴台文艺》杂志第1期、2019年11月21日《晚霞报》第8版《晚春苑》专栏。

住房之梦

我一直对杜甫怀有一种除敬仰之外还有感激的情愫，这不仅因为他是被中国人称为诗圣的诗人，更是因了在一千两百多年前，在成都的浣花溪畔，他所居住的草堂被秋天的暴风雨肆虐，“床头屋漏无干处，雨脚如麻未断绝”的窘境中，挥笔而就的《茅屋为秋风所破歌》的诗。在这首诗中，诗人所发出的“安得广厦千万间，大庇天下寒士俱欢颜”的激越呼唤令人赞叹不已。我想，这首诗之所以能千百年来一直得以流传，也许是道出了一代代中国人心中对居住的期盼与梦想。

没承想，这个期盼与梦想，历经一千两百多年的历史变迁，伴随时代脉搏的跳动，终于在改革开放后的四十多年间演变成一曲波澜壮阔的住房交响曲，而我的住房之梦也成为这首交响曲中跳动的音符。

追溯起来，我的住房之梦当从插队落户当知青时说起。

记得 1969 年 1 月 14 日，我带着简单的行李，响应毛泽东主席的号召，来到夹江县云吟公社接受贫下中农再教育。我要插队落户的地方是工农大队第七生产队。刚去时因尚未安排好住的地方，便暂时借住在地处生产队境内的乐山水电校的房子里。半年后，水电校要收回房子，我又面临无处居住的窘境，这时，生产队长提出在她家房子的墙边给我搭一间偏房，生产队里的几个壮劳力便在队长的指挥下给我搭好了房子。这搭建的偏房虽小，却隔出了三间，呈纵向。进门是厨房，厨房直通卧房，卧房中床的长度就是房子的宽度，再后便是茅房，茅房的门另开，要进去必须从厨房出来，绕过卧房才行。尽管房屋窄小，但我将它收拾得干净整洁。一天，驻公社军宣队的一位年轻女军人到大队调查知青的安置情况，她一踏进我的小偏房，就对我说："这房子小了点儿，要再宽点儿就好了。"送走这位女军宣队员后，我呆立在小屋前，小偏房在生产队长宽敞的房子映衬下，显得那样低矮狭小，脑中突然闪出一个念头："我这辈子一定要住上像丁队长家这样宽大的房子。"但立刻我就被这个念头吓了一跳。"不可能的，你这是在做白日梦罢了。"我对自己说。做梦？是的！也许这就是我人生中第一个关于住房的梦想。

1971 年 1 月我被招工进了乐山缫丝厂，做了一名缫丝女工。十六个姑娘挤在一间二十多平方米的职工宿舍里，床挨着床，人抵着人，只有将蚊帐放下，才算享有自己独立的空间。这个时候，虽然居住条件很差，但却回城参加了工作，对今后的生活与前途充满了希望。一年后我从乐山缫丝厂调到了当时的乐山地区革命委员会政工组担任打字员，住进了一间单身宿舍。三年后因恢复地委和行署，我又调到地委组织部秘书科担任文件管理和处理干部信访、落实干部政策等工作。此后我结婚并生下女儿。由于单身宿舍是筒子楼，没有厨房、卫生间等设施，生活很不方便，便与住在一楼，在地委宣传部工作的张仲炎（爱人、孩子在成都，单身一人在乐山工作）商量，互换房子。他欣然同意，我便搬到了他住的房间。机关行政科在一楼的墙角边为我们几个刚生了孩子的年轻妈妈临时搭建了厨房，总算具备了基本的生活条件。当时正值国家提倡一对夫妇生育一个孩子，因考虑我的身体不好，和丈夫商量很快申请办理了独生子女证。但令我没想到的是，机关后来新修建了一处住宅大楼，在分配住房时，竟然把办理独生子女证作为分配住房的奖励条件之一，于是我便分到了一套新房。那是一套两居室带独立卫生间和厨房的房子，在20世纪70年代后期，在地委机关也算是条件最好的房子之一了。我与丈夫还有暑假期间从老家到我这里度假的妹妹，把水磨石地板用煤油擦得锃亮，房间里摆放着结婚时丈夫亲自设计的款式新颖的几件家具，五斗橱和写字台的玻璃板下压着墨绿色的蜡光纸，窗户上挂着丈夫出差从上海买回的乳白色缀着花朵的纱幔，室内陈设虽然简单却透着一股优雅。干净整洁的家让我的心里充满了满足。但很快，这种满足感就随着我的工作调动消失了。由于婚后两地分居，我的身体不好，相互不能照顾，便向组织人事部门提出照顾关系调动工作的请求。我丈夫当时在核工业系统一家科研单位从事科研技术工作，人事部门便考虑将丈夫调到乐山地区劳动局锅炉研究所，但这样就意味着他要改行做行政工作，而当时国家正处在改革开放初期，着手进行专业技术干部队伍回归，将有专业技术特长但转行做行政工作的人员重新调整归队，在这种情况下，丈夫不愿放弃专业技术而从事行政工作，考虑再三，只有我工作调动比较恰当，于是在20世纪80年代初，我怀着深深的眷念和不舍的情怀，告别了相处近十年的领导和同事，告别了那套被我营造得颇有点情调的房子，调到了丈夫所在的单位工作。

但报到后我发现，单位并没有为我们分配住房，丈夫与一同事仍住在单身宿舍，我只好住进了单位的招待所。而所有的家具就只能暂时存放在原单位的那套房子里。半个月后丈夫的同事搬到了另外的宿舍，那间单身宿舍才成为我们暂时栖身的地方，四岁的女儿则被爷爷奶奶接到老家上幼儿园。接下来的日子我一边熟悉新的工作和生活环境，一边和丈夫跑房管科申请房子，几经周折，终于在半年后分到了一套只有一间半俗称“堵头”的房子。房子虽然很小，只有二三十平方米，但毕竟有了个安身的地方。房管科的人告诉我们，你们慢慢排队吧，以后还有机会调宽一点的房子。这话又撩拨起了我对住房的些许期盼，便很快将家具从乐山搬到院里，又将女儿接回身边，丈夫与朋友买来木料自己动手做了两只单人沙发，房间虽然狭小却充溢着温馨，平淡的生活在希望中前行。

当时三线单位的职工住宅是按照“先生产后生活”的原则建造的，大部分房子都是在20世纪60年代中期和70年代中期建造的三四层高的筒子楼，有些还是干打垒（石头、泥土和水泥混合做成墙体）的房子。每层楼有个只有一个蹲位的公用卫生间和用水泥浇注的洗碗槽，每家做饭都在走道上。虽然以后建造的房子每户都有厨房和卫生间，但数量很少，要分到那样的房子或者筒子楼中稍微宽一点的住房，必须按照工龄和到院工作的年限排队，所以在院里工作的双职工家庭，几乎都有搬几次家的经历。那时职工住房还没有装修的说法，腾出的房子由房管科派人用石灰水粉刷一新，讲究些的人家再用绿色的油漆刷出一米二高的墙裙，搬迁新居都由同事或朋友帮忙，我们也在经历了三次搬家后才相对稳定下来，住上了稍微宽一点并带卫生间和厨房的房子，女儿也有了自己独立的房间。

不久后，全国范围内开始了职工住房改革，我们居住的这套房子在交了大概两千块钱后，便由福利房变成了自有住宅，但院里规定，只有使用权，没有处理权，以后倘若不住了，院里是要收回的。至此在我的整个生活进程中，第一次拥有了不完全意义上的私有住宅，尽管如此，心中仍然对住房有种希冀，那就是拥有一间独立的书房，给堆积的书籍一个安身的地方，给自己一个宁静的空间可以放飞心灵，用思想和文字碰撞出的火花把生活点缀。我固执地认为，一个读书人、一个与文字打交道的人是断不可没有一间书房的，就如画家应该拥有自己的画室、书法家应该拥有自己的案桌一样的理所当然。但我知道这只是不切实际的梦想而已，因为在那个年代，一般人能有一处遮风避雨的地方就不错了，哪还能专门为书籍找一个家？可这个念想却如春草般在心中疯长。

20世纪80年代后期，随着国家三线建设调整改造政策的实施，我所在的单位少部分设计人员开始搬迁到成都，但院机关和大多数科研设计人员和工人仍然留在基地，按照规划，院不可能整体搬迁，有一部分科研设施和人员依然进不了成都，于是拥有成都户口，能在成都分到一套新建的住宅便成为几乎每个职工的梦想。此间我只要出差成都，远远望着院新建的大楼，往往会发一会儿呆，奢望着有一天也能在那里有一块立锥之地。这个梦想终于在20世纪90年代中期实现，我们全家的户口迁到了成都，并按规定买到了一套六十平方米的住房。

这是一套两厅两室、一厨一卫的房子，面积虽小，但几乎没有公摊，且布局合理，唯一遗憾的是，依然只能满足居住的需要，而没有一间独立的书房，于是我们便在装修上做足了文章。

这时，房子装修对普通中国人已经不是一个陌生的词语，伴随着房改和商品房的大量涌现，装修已经成为一个朝阳产业与普通百姓的生活结缘。乐山的朋友替我找人做了精心的装修设计，并别出心裁地把阳台改造成了一间书房，看着整个房子的设计效果图，特别是想到我的那些书籍终于有了个家，我开心得走路都在哼歌。想着好不容易在成都这个大城市拥有了自己的房子，也许下半辈子将在这套房子里度过余生，便毫不犹豫地将平生积蓄倾囊而出。我近乎挑剔地选购着地板、墙纸、灯具、窗帘，精心挑选了家具和家电，还挺奢侈地在每个房间安装了空调。房子装修后的效果出人意料的好，那种如水般溢出的温馨与舒适，几乎融进了当时我对家居的所有感触与诠释，便在惊喜中用相机拍下了房间的每个角落，这也成为“我爱我家”相册中珍藏的新居照中的第一组照片。

我以为我和丈夫将在这套房子里走向生命的终点，却怎么也没想到这仅仅是住房交响曲中的一个前奏。随着城市建设的飞速发展，各种配套设施日臻完美的写字楼和住宅小区如雨后春笋般涌现。随着收入的不断增加和住更宽敞房子的渴望逐渐加强，实现拥有一间独立书房的梦想，我用了近十年的时间加入购房大军的行列，不断地折腾，最终住进了一套近一百四十平方米的房子。房子的装修和室内的设施上到了一个新的台阶，而更让人欣慰的是我拥有了一间完全意义上的独立书房。书房的书柜里整齐地排列着我的藏书，陈列着我在国内外旅游时买的各种艺术品，书桌上除摆放着电脑、打印机、传真机外，一盆亭亭玉立的水仙青翠欲滴，洁白的花儿散发着淡淡的清香，让我的书房平添了雅致的气韵。我的大部分时间在这间书房里度过，阅读和写作让我的生活丰盈又充实。

正当我陶醉在梦想实现后的惬意中时，忽一日，女儿女婿对我和丈夫说："爸妈，和你们商量个事。我们准备买个更大的房子，大家住在一起，相互照应，共享天伦之乐如何？"我眼睛一亮，脑中突然闪现当年在农村当知青时第一次产生住房梦想的情景，脸上便荡开了笑容。

写于 2014 年 12 月

刊于《四川散文》2014 年第 2 期，收入 2019 年《文友情深》《改革开放 40 年》等书，"江山文学网"（晓荷・四季的故事）2018 年 3 月 15 日作为精品刊出。

母校与梦想

2018年11月21日，我带着刚出版不久的散文集《穿越生命》，带着同学江佑华不辞辛劳到母校商定我赠书的纯净同学情，从成都回到了母校——夹江中学。当我伫立在校门外，看着心里千百遍思着、念着的母校时，突然有了流泪的感觉。当黎华均校长和教导主任向我迎面走来，与我热情握手并举行赠书仪式、合影留念时，一种久违的曾是夹江中学学生的自豪感顷刻溢满全身。当黎校长和教导主任陪着我在校园漫步，向我介绍学校半个世纪以来的变迁、现状和未来的发展，很多老师和风华正茂的校友与我擦肩而过时，我真的是百感交集、兴奋异常！

我寻找着记忆中的教室、操场、学生食堂、图书馆、教研室、实验室、学生宿舍，但一切都没了旧日的踪迹，只有已经改变模样的操场边那两棵枝繁叶茂的大树与我深情对望——那是记忆中的树，此刻正在秋日的阳光中散落一地斑驳，宛若我流失岁月中那些不曾消失的关于母校的记忆与依恋。

“母校”这两个字，对于我，对于我们这一代人来说，所具有的特殊含义，是足以在人生漫长的岁月中深深怀恋和咀嚼的。因为现在很多人的“母校”，是由小学、中学、大学组成的，而对于我们这一代绝大多数人来说，“母校”就只有小学和中学。

我是夹江中学初67级4班的学生，在20世纪的60年代，能考上夹中，也是件很不容易又很值得骄傲的事情，宛如今天的夹中一样，是四川省的重点中学，能考上夹中，就意味着将来有可能上大学，有可能有不一样的人生。当年，我在学校曾经立下过美好的志向，那就是将来要当记者或者作家。就在我怀着美好的愿望，期待着再读一年就升入高中，再考上大学实现自己人生理想的时候，1966年“文革”爆发，学校领导和老师受到冲击，课业全部停止。1967年10月，中央向全国大中小学发出“复课闹革命”的通知，我们又重新坐进教室，但“复课”并没有真正进行。到1968年12月22日，《人民日报》发表毛泽东“知识青年到农村去，接受贫下中农再教育，很有必要”的指示，在全国“老三届”即初、高中和部分小学生中掀起了“上山下乡”的高潮，我们都下乡当了知青，连一张全班的毕业照都不曾留下。记得下乡前，因特别不甘心就这样结束学生时代，曾与几个同学回到学校，站在教室外照了一张相，还把班上的课桌搬到教室外的操场，大家坐着又照了一张。五十年过去了，当年的照片早已遗失，但印象却很深刻。在一年前，我问起当年一起拍照的同学，她说还保留着照片，便翻拍后用微信传给了我。这两张照片虽然历经岁月的沧桑已经模糊不清，但我依然激动不已。我细细地辨认着照片中作为背景的高中部两层教学楼，也辨认着我教室的位置。没想到的是，我对母校的情感依然那么强烈，居然穿越五十年的时间瞬间就让我泪流满面。

其实我思念的还有数学老师谢淑芳、英语老师费文光、语文老师代德华和班主任老师苏明德。特别是语文老师代德华，常在班上讲评我的作文，并经常把我叫到教研室指出错误和夸赞好的句子，使我对文学和写作产生了浓厚的兴趣，我的立志与代老师有着密切的关系。在以后的漫长岁月中，我始终对代老师怀着一颗感恩的心。曾经有一段时期，在不知道他的电话和通信地址的情况下，每年的春节都会给他发一张贺卡到夹江中学，不管他是否能收到，我一直坚持着，直到退休。后来通过在夹江的同学韩敏华的帮助，终于在我们分别近半个世纪后见面了。作为学生，我赠送了他刊载有我文章的《中国散文家》《经营管理者》等杂志和新出版的散文集《穿越生命》，这是我对老师的汇报，因为如果没有代老师，我不会喜欢上文学和写作，也不会成为一个作家，他是我人生路上最初也是最重要的引路人。

而我的口头表达能力，得益于苏明德老师的培养。那时班上时不时有政治学习，班主任苏老师经常会让我用普通话给同学们读报，这也锻炼了我的朗读和说话的能力。这种能力为我在参加工作后，能在众多青年中脱颖而出打下良好基础。

苏老师对学生要求非常严格，就连个别调皮的学生见了他也得有所收敛。他教我们地理，那些呆板、生硬的地理知识被他讲得妙趣横生。课堂上，我们常被他幽默的语言、生动的面部表情、激情洋溢的手势所吸引，地理课也成为很爱听的一门课，所以同学们对他是既怕又喜欢。当分别五十多年后我们班同学聚会时，从男生们天南地北海阔天空的闲聊中，似乎还依稀透着当年学地理所打下的基础。而我和苏老师那段特殊的相遇之缘，也让人永难忘怀。

在 1975 年，那时中国还处于“文革”中。我是 1969 年 1 月下乡当知青，两年后招工到乐山缫丝厂，一年后被调入乐山地革委工作，1975 年随地革委工作组到仁寿县视高公社搞“农村党的基本路线教育”。有一天我独自来到视高公社的一个生产队，和社员一起劳动，我异常惊异地见到了苏明德老师和他的爱人及一双儿女，他们正在田地里劳作。他的爱人高淑琴原是文庙街小学的老师，人很漂亮，一双儿女也长得如洋娃娃般可爱。我见到他们时，虽然正与一群社员锄地，但他们身上那种独特的气质，让我一下就认出了他们。这突然而至的师生相见，令我们颇感意外。我叫了一声“苏老师”后便打住了话头。当时我不知道苏老师遭遇了什么，为什么全家会在这里？但可以确定的是他们全家遭遇了不测。在那种情况下，是不容许我们当着这么多社员有过多交谈的。苏老师见到我时，那张原本阴郁的脸瞬间绽开了笑容，那是我熟悉的笑容——嘴的一角微微向上一翘，眼里一丝亮光倏地一闪，脸上便有了生动的、意味深长的笑。他向散布在地里的社员说了声“这是我学生”后也打住了话头，但我看到，他脸上闪现了一丝快意的神色。劳动休息时，生产队长把社员全部集中在苏老师家里的堂屋中。虽然此时苏老师的身份是被管制的“地、富、反、坏、右”五类分子，我却发现生产队长和社员们对苏老师还是很友善、尊重的。他家堂屋里有一张方桌，桌子周围摆放着四个木制长凳。靠墙放着锄头、篼篼、箩筐等几件农具，其生活状况比当地农民也好不了多少，屋子却干净整洁，散发着一种别样的味道。我坐在凳子上，看向苏老师，他也正看着我，对我微微一笑，点了下头，我们的交流便在无声中进行。于是我开始很流利地给大家念文件，并不时地进行一些讲解，而苏老师脸上一直挂着淡淡的笑，仔细地听着。可我却觉得，他并没有听我讲什么，而是像在欣赏学生在教室的课堂上朗读课文般怡然。我那天没有一点羞涩，表现得落落大方，讲得条理清楚，因为我极力地也是挺幼稚地想向大家证明，我的老师是多么优秀，否则他教出的学生怎么会成为路线教育工作组的成员？

党的十一届三中全会召开后，开始落实干部政策，苏老师被平反，夫妻俩重新回到原工作单位，两个孩子也回城。这一段经历给我留下的印象太深刻，为什么这么多年一直在心里挂着，其实质还是与母校与老师有关。

我对母校的思念从来没有停止过，它宛如一条清澈的小溪汇入我生命的河流中，有时还要翻一点浪花。我至今不能对曾做过的一个梦释怀，这个梦是关于我的母校夹江中学的。进入梦境，就进入了我所熟悉的夹中，校园里的一切，老师、同学、教研室、图书馆、实验室、操场上的跑道，还有女生宿舍甚至学校校门外碧绿清澈的东风堰的河水、学校背后张天官山上长满青苔和墨绿色地耳的小路、山坡上挂着如豆般鲜红的野生沙棘都鲜活地出现在梦境中，我快乐极了，在学校里到处转悠。突然图书馆着火了，我拼命想去抢书，但被人死死地拉住，我哭着喊着就醒了，醒来后的我，脸上全是泪水。

因“文革”这个特殊的历史背景，我们这一代人中断了学业，但在我的人生路上，却始终没有忘记当初在学校立下的志向。在工作之余，读书是我唯一的喜好，书籍成为孤寂灵魂的最大慰藉。在 20 世纪 80 年代中期，我参加了单位举办的高等教育自学考试班。通过两年的脱产学习，参加十三门课程的全省统一考试，取得了由四川大学和四川省高等教育自学考试委员会颁发的大专文凭。由于文化素养的提升，也由于自身的努力，逐渐实现了我的记者梦，成为《中国国防科技工业》《中国核工业报》《中国核工业》《中国原子能网站》《四川党的建设》等行业报刊的特约记者和通讯员，发表了大量反映我国核动力科学技术发展的消息和报告文学，并开始尝试诗歌、散文等文学作品的创作。后来我退休了，通过朋友引荐参加了四川省散文学会，结识了很多著名的作家朋友，在他们的帮助下，开始踏上实现作家梦的追逐之路，终于成为中国散文学会会员，并被成都市作家协会和四川省作家协会通过评审正式接收为会员，成为一名作家。

我是多么感谢在母校的立志与梦想。感谢长期以来工作单位环境对自己的良好影响，感谢四川省散文学会的文友，特别是理论部和春雨文学社文友们对自己在创作中的真诚帮助。

我的作家梦虽然实现，但文学没有尽头，写作没有尽头，我将把已经获得的荣誉收藏，开始新的起步，让人生因文学而更加美好！

2019 年 5 月 6 日完稿

2019 年 6 月 12 日修改

2019 年 7 月 24 日再次修改定稿

2019 年 9 月 3 日《在场》杂志“在场散文”栏目刊出。

地震发生时，那惊魂一刻

2008年5月12日14时28分前，一个平常却美好的时日，天空纯净而又透明，太阳灿烂地笑着。我坐在四季花城小区弥漫着温馨气息的二十楼的家里，打开电脑进入我的博客，一个名叫“山丹丹开花”的网友闯入我的视线。我点击她的博客，看了她的一篇《诗歌的狂热年代一去不复返了》的文章，心有所感，于5月12日14点26分30秒，给她跟了一个帖子后，便继续浏览她的其他文章。14点28分4秒，正当我游走在她的世界，内心充溢着生活如诗般的美好感觉时，巨大的灾难却在瞬间降临——震惊世界的“5·12”汶川8.0级特大地震发生了！

在灾难发生的瞬间，那惊魂一刻便永远雕刻在我的心间。

我的头突然晕了一下，接着又晕了一下，然后便听到房子的最高层二十一楼有东西哗哗地往下掉，我一下意识到：地震！这是地震！我站起来，快速跑到客厅，打开房门。这时，楼房开始剧烈摇晃，我的脚不由自主便迈出了大门。此时，整个楼道里空无一人，我已站立不稳，便下意识地用手扶着摇晃的墙。我回头看了一下房门，门已被关上，我突然想起没带包，而我的一切随身用品包括开门的钥匙和手机等物都在包里。我抬头看了看楼道的天花板，发现整个房子在剧烈地相互拉扯，左右摇摆，并发出噼噼啪啪令人惊恐的声音，给人的感觉是房子马上就要垮塌。我告诉自己，必须离开这个房子！我侧目看了看电梯，电梯的指示灯竟然还亮着，也就是说这栋高层建筑的电梯在剧烈的摇晃中还在运行。但我所具备的安全常识提醒我，此时不能坐电梯，只能从楼梯通道逃生。当我迈开脚步朝楼梯通道走时，却发现脚已因极度的恐惧软得迈不开步子了。我清楚地意识到，我不能这样惊惶。我在心里对自己说：要冷静！冷静！果然，我的心一下沉静下来，脚上的力气也恢复了。我用手扶着楼梯两侧的墙壁，用也许是平生最快的速度往楼下飞奔而去。当我从二十楼奔到一楼时，只听见单元入户大厅的墙壁上，装饰面砖正哗哗哗地往下掉，破碎的声音令人惊骇。我不顾一切冲出大厅，却见一些已逃奔到楼下的人们正抬头看着这栋二十一层高的楼房，表情既惊恐无比又似傻了一样，而两位小区车辆管理员却仍坚守在自己的岗位上，我立即冲着他们喊了一声："快跑！到空地，防余震！"于是，一大群人像醒过来般，纷纷向小区大门外的街道跑去。

此刻，高升桥附近宽阔的街道两侧和绿化广场上早已站满了人，人人脸上惊恐万状。街道上行驶的车辆几乎都停了下来，在短暂的停留后又开始慌乱行驶，于是交通立刻陷入混乱，街头车辆堵塞。人群中上了年纪的人大都焦虑不安，有的怀抱着年幼的孩子，坐在街沿上惶然无语，而那些孩子有的大声哭闹着，有的则依然笑得那么天真灿烂。一些中年人和青年人则躁动不安，猜测着地震的强度和震区的位置，讲述着地震发生时自己的惊恐经历。有手机的都在不断拨打着电话，焦急地与自己的亲人朋友联系，但通信全部中断，紧张、焦急与惶恐不安挂在每一个人的脸上。人群中一位光着上身只穿一条内裤的男子和另一位腰上缠着一条浴巾的男子，无奈而又尴尬地站在街头，他俩一个是地震发生时正在睡觉，一个是正在洗澡，惊惶中就这样跑到了大街上。一位满头白发的大爷推着一辆轮椅，轮椅上坐着腿上打着绷带的老伴。据大爷说，地震时他在四季花城小区花园里散步，而老伴因腿骨折在十六楼的家中，他冒着余震的危险坐电梯回家将老伴推到了街上。此时，老婆婆一手扶着轮椅，一手紧紧握着大爷的手，脸上有一丝浅浅的笑意，也许这生死危难时刻的夫妻情深让老婆婆暂时忘记了惊恐。

而此时的我仍惊魂未定，并焦急地想知道我的丈夫、女儿、女婿、外孙女和弟弟、妹妹以及朋友们是否平安。于是我向周围有手机的人求助。尽管知道通信已经中断，但有好几个人仍然将手机递给了我，我连续不断地拨打着电话，然而一切都是徒然。这时我的焦虑有增无减，旁边一对年轻的夫妇忙安慰我说："别担心，估计成都不会有事的。"说话间，那个男子将手中一瓶未开启的矿泉水递到我的手中，说："大姐，你喝点儿水。"我忙道谢，说："不用，你自己喝吧"。这时，他的妻子说："没关系，我和他喝一瓶，你喝吧，你两手空的，下楼时什么也没带吧？"我点点头，拧开瓶盖，喝了一大口，感觉喝下的水是那么的清凉甘甜，心中的焦虑似乎也减轻了一丝。在攀谈中，我得知他们住在附近的一栋楼里，地震时从楼上奔逃到地面时，妻子因惊恐晕厥而摔倒，是周围的人帮忙掐人中，喝下附近互惠超市的售货员送来的糖水后才苏醒。于是我们共同感慨：在危难发生时，人性是多么的善良！

下午 4 点钟左右，停在街上的汽车收音机里传出播音员的声音，有信息了！人们立刻围上去，才知道地震的震中在我们四川汶川，而且是 7.8 级地震，都江堰、北川等地也遭受重灾。得此消息后我的心猛然抽痛起来，7.8 级地震意味着什么？三十多年前唐山大地震的惨状突显在我的脑中，一阵晕眩向我袭来。秀美的汶川，如诗如画的汶川，去年 9 月我刚去过的汶川县、黑水县，就这样在瞬间夷为废墟？那里的乡亲们怎么样？那曾经陪伴我们几天的朋友怎么样？那曾经留给我深刻印象的桃坪羌寨、色尔古藏寨怎么样？那留给我太多的感慨和梦幻般感觉的卡龙沟原始森林怎么样？我的眼泪夺眶而出……

又一个小时过去了，收音机里突然传来温总理已乘坐专机到成都的消息，我的心不禁一热，在这么短的时间内，我们的温总理能在第一时间赶赴灾区，这多好呀！“汶川有救了，灾区有救了，我们四川有救了。”我对自己说，也对我周围的人说。

就在我内心充满了悲痛、恐怖、焦虑与希望时，中断的通讯开始时好时断，此时已快下午5点，有人的手机接到了短信，人群开始兴奋起来。这时我突然听说电信系统已经恢复，用座机可以打通电话，便撒腿跑回小区物管中心，用座机拨打着一个个不同的号码，突然，我弟媳的电话通了，知道弟弟一家是安全的，一会儿，女儿和妹妹的电话通了，知道她们也没事，可我的先生仍然音讯全无，电话怎么也拨不通。我开始到处寻找他的车，因为我相信找到车就会找到人，又不断跑回物管中心拨打电话，并在心里做着各种不祥的猜想。就在我焦急万分的时候，突然看到了他的车，心中一阵狂喜，可跑到车前一看，没人！心又悬了起来。正当我抬眼四处搜索他时，突然看到他正急匆匆向我走来。他告诉我，地震发生时，他和一同事正驾车外出办事，车正在路上行驶时，突然晃动颠簸得厉害，初以为是轮胎爆了，急忙停到路边，看见街道两边楼房的人蜂拥而出，东西噼里啪啦往下掉，才意识到是地震，随即拨打我的电话，却怎么也打不通了，车在路上堵塞了近四个小时，好不容易回到小区，立刻乘坐电梯到家里，见我不在，便放心了。他告诉我，家里除餐厅的灯坏了外，其他完好无损。我告诉他，我的钥匙、手机都在家里，于是他又陪我返回家中取物。开门后，满眼所及是一地的碎玻璃，餐厅中三个吊着的彩灯坏了两个，估计是房屋剧烈摇晃时相互撞击所致。所幸的是家中墙上悬挂的我最喜爱的各种画框及电视墙、柜上摆放的艺术品和酒柜上的各种玻璃酒具和茶具竟然都还好好地待在它们原来的位置，在灯光的映照下，这些物品依然发出柔美的光泽，我的家依然散发着温馨浪漫的气息！

我打开手机，短信啪啪啪地跳出来，而第一条短信则是国防科工委新闻宣传中心《国防科技工业》杂志总编赵新义发来的，他在短信中说："刚才从中央电视台新闻频道得知四川汶川发生特大地震，心里震惊万分，你是否安全？但愿你及你的家人能在这特大灾难前安然无恙！"

那一刻，我是那么强烈地感受到生命的珍贵、生活的美好和亲情友情的纯洁无瑕；

那一刻，我的心就在这种巨大的灾难降临后的悲痛与希冀中切换；

那一刻，我知道，接下来的日子，我的泪会奔涌——为我死难的同胞，为抗震救灾中那一个个感人的消息和一幕幕动人的画面；

那一刻，我决定，用我力所能及的方式，去帮助灾区的人民和抚慰我受惊的亲人和朋友……

写于2008年5月13日

刊于《锦西文化》2008年第2期、《堆谷风》2008年第2期、2018年5月12日"四川文学网"、2018年5月11日"江山文学网"（晓荷·四季的故事）。

后记：当年这篇文章写好后，曾发在我的博客上。文章开头因记叙了地震发生时我正在看那位叫"山丹丹开花"网友的博文。后来这位网友看到了这篇文章，非常感慨地给我回了一个帖子。以后因使用QQ，便没再用博客。八年后，在2016年10月，因一位朋友请我帮他找回丢失的一篇博文，而这时我早已将博客的账号和密码遗忘，便尝试用各种方法去回忆与查找，最终将账号和密码找到。进入我的博客后，遗憾的是我早先收藏的这位朋友的博文也丢失了，却意外看到了2015年5月12日“山丹丹开花”后改网名为“夏翟秋飞”给我的留言。她说：“七年了，时间好快！当年，您正在家里看我的博文《诗歌的狂热年代一去不复返了》，心有感触，刚刚给我回了一帖后，突然就在下午2点28分04秒，四川汶川特大地震发生了，您在地震后写下了一篇纪实。以后，我每年的这个时间都会情不自禁地到您的博客去看望一下。祝您一切安好幸福！”看到这段留言，瞬间感动得热泪盈眶，没想到这么多年过去了，这位网友就因当时的这种缘分还在惦记着我，立刻给她回了留言。不久又收到她的回复：“亲爱的大姐，终于收到您的回复了，回忆往事感慨万端！祝大姐一切安好健康！！！”顷刻间我的心如沐春风！

写于2016年11月26日

凝固这一刻

让我们永远铭记中国历史上，第一次为普通人的生命举行的三天哀悼日吧——2008 年 5 月 19 日至 21 日注定将成为中国人心中永远的痛！

让我们牢牢记住这一刻吧——2008 年 5 月 19 日 14 时 28 分至 31 分，全国人民默哀三分钟。

历史将这三分钟凝固。

这一刻，高高飘扬的中华人民共和国国旗为普通国民的死难而降，生命的尊严冉冉升起。

这一刻，汽车、火车、轮船鸣笛，防空警报鸣响，为普通国民的死难哀鸣，生命彰显高贵。

这一刻，十三亿人静静伫立悼念，感受着悲伤，品味着坚强。

这一刻，灾区人民心中的悲痛和着感恩的泪水在废墟上飘洒，重建家园的信念如劲草般生长。

这一刻，全国人民的心和汶川紧紧系在一起，演绎着风雨同舟，患难与共，大爱无边的民族情怀。

这一刻，地球感受着这不同寻常的静默，国际人道主义的光芒熠熠生辉。

这一刻，世界见证了十三亿中国人在静默中凝聚的爱国主义精神和众志成城、百折不挠、再铸民族之魂的坚定勇气和强大力量。

这一刻，死难的怨灵渐渐向天国飘去，我的心在破碎中重拾希望。

这一刻，我在心中祈祷：天佑中国，天佑四川。我的心在呐喊：中国加油！四川加油！

写于 2008 年 5 月 19 日

刊于《散文潮》2008 年夏季卷、《老年文学》2008 年第 7 期、《堆谷风》2008 年第 2 期。

第四辑　情景交融

凝望黄河

梦中曾数次出现过一条黄色河流的影像，但都模糊不清，醒来后心中便有些惆怅。我知道那条黄色的河流是黄河。“有机会一定要去看看它。”我在心中与那条河相约。

2007 年 8 月初，我踏上了西行的旅程。

一走出兰州机场，放眼望去，群山连绵起伏，山色浑黄，寸草不长，令人顿生苍凉之感。登上旅行车，我问导游：“兰州市区也见不到绿树吗？”导游笑了，说几乎所有游客出了机场都会这样问。在人们的印象中，甘肃是个贫瘠、闭塞、落后的地方，其实，这是一种错觉，一会儿你就会知道，兰州也是一个美丽的城市呢。

“快看，黄河！那是黄河！”随着车上一位姑娘的惊呼，我们的视线一下被车窗外那条蜿蜒的淌着浑黄色液体的河流所吸引。

“是的，那就是中华民族的摇篮、我们的母亲河——黄河，而兰州则是发源于青海的黄河流经的第一座城市。这座城市依河而建，黄河在这里穿城而过，一座号称‘天下黄河第一桥’的雄伟铁桥跨河而立，此桥后改名为‘中山桥’。黄河不仅滋润着中华大地，更滋润着兰州这座黄土高原上的边塞城市。”导游的语气透着自豪。

汽车奔驰在黄河岸边宽敞的大道上。大道两边绿草茵茵，红花簇簇，林木葱茏，成群的鸟儿盘旋飞翔，亮丽的高楼大厦鳞次栉比，风格各异的民居错落有序，像五光十色的彩画，透过车窗的玻璃，向我直扑而来，令我目不暇接。突然一尊雕塑定格在我的眼前，车已把我们送到了著名雕塑“黄河母亲”的身边。

这是一尊硕大的石雕，由一位母亲和一位婴儿组成。母亲半躺着，神态恬静安详，嘴角挂着笑意，目光望向无垠大地，脸上荡漾着慈爱的笑容，怀中的婴儿活泼健壮。我看到阳光下的黄河母亲眼中透着如水的灵性，额上饱含日月的精华，皱纹中绽放着绵长而深沉的爱，脸颊灿烂着一抹红晕，丰满的胸脯分泌着柔情的乳汁，一袭浑黄的衣裙飘飞，衬着身体的优美曲线，浑身散发着圣洁的光芒，在黄河浩瀚的烟波中，深情地激荡生命之水。我被这尊雕塑深深地震撼了，身上的血液沸腾起来。

黄河——母亲，我细细抚摸着石雕上的纹路，在心里呼唤着历尽沧桑，哺育中华儿女的神圣母亲。

而此刻石雕背后的黄河，正静静地躺在陇原的黄土地上，没有浪头，没有水花，缓缓地流动着，正午的阳光照在河面上，河里像满溢着一川铜水，河面上跳荡着金红色的光点。

我凝视着流逝的黄河，突然间有了想亲近它的冲动。正好，一位健壮的西北汉子驾着一只黄褐色的羊皮筏子向我们飘来。我们穿上橘红色的救生衣，屈腿坐上被黄河水浸得湿漉漉的羊皮筏子上后，我将双手伸进了黄河。啊！我终于触摸到了黄河！一种温润、欣喜的感觉顷刻溢满全身。黄河对我而言，是一条既熟悉又陌生的河流，说熟悉，是因为黄河是我们中华民族的母亲河，从小就在念着它、唱着它。说陌生，是因为我从来就没有如此真切地看到过它，触摸过它。

“你看这黄河的水，怎么没有流动，好像是在移动呢！”同行人的话令我心中一惊。“黄河没有流动，是在移动”，这形容很特别，但似乎也很贴切，而且有点似曾相识，记忆中好像有人也这么说过。我在脑海中急速地搜索，猛然记起，作家张承志在《北方的河》这篇文章中曾这么描写过。在张承志的眼中，黄河的水不是一般意义上的流水，而是一块一块半凝固的、古朴的流体；黄河不是一条黄色的河流，而是一条神奇的火河，像燃烧的烈火。当年在读这篇文章时，我就被张承志笔下雄浑壮美的黄河所吸引，但却不明白，黄河怎么会是一块一块半凝固的流体？黄河又怎么会是一条燃烧的火河？而当我在灼热的阳光下，这么真实地坐在羊皮筏子上，遥望向远方流逝的黄河时，我理解了张承志对黄河的诠释，“他的形容无与伦比！”我在心中发出由衷的赞叹。

我迷醉地望着黄河，黄河在我的视野中浩浩荡荡无拘无束地流动，无矫饰地转弯，携着黄土高原上的泥沙，经年不息、地老天荒地流淌。突然，我听到了黄河水流动的声音，这声音来自河的深处，哗哗地带着野性，带着一泻千里的豪情，穿过千山万壑，穿透厚厚实实的历史岁月，在我的耳边轰然响起。

轰然响起的还有我的心跳。伴随着起伏的心潮，此刻的黄河在我的眼前奔涌着，奔涌的涛声成为黄土高原上浩叹的历史长歌。

于是，华夏民族最初的文明星火大地湾、马家窑、半山等文化，伴随华夏始祖伏羲、女娲的传说在涛声中奔涌而来；丝绸之路上的旷古佛教奇观敦煌莫高窟，伴随着河陇地区沃野千里，祁连山下遍地牛羊，胡商番客穿行如织，“天下称富庶者无如陇右”的千古绝唱，从辉煌的中古文明的涛声中奔涌而来；千年烽火连绵，中原兵锋与胡骑马刀的惨烈碰撞，伴随着生灵涂炭，生态毁坏，“陇中苦瘠甲天下”的慨叹声在涛声中奔涌而来；洋务运动中近代工业的雏形被地方军阀与国民党、中央军三方争逐地盘的枪炮声所湮灭的叹息声在涛声中奔涌而来；中华人民共和国成立以后，昔日春风不度、羌笛幽怨的河西走廊春意盎然，玉门人王进喜的艰苦创业精神走向全国、八方优秀儿女汇集大漠深处，“两弹”成功爆炸，“一星”呼啸腾空的欢呼声在涛声中奔涌而来；当年羊皮筏子飘摇，水车吱扭的黄河古渡口旧貌换新颜，一大批规模宏大的炼油、化工、钢铁、军工企业，使兰州成为西北工业重地，伴随着向全国工业输送血液的脉动声和重建生态，还陇原绿野的雄浑号子声在涛声中奔涌而来……

我极目望去，那缓缓流动的黄河，此刻正闪着奇异的金光，宛如一条闪着奇光异彩的历史长河，在时空中永恒地穿行。

写于 2007 年 8 月

刊于《四川文艺报》2007 年 11 月 1 日第 4 版、《散文潮》2007 年秋季卷、《堆谷风》2007 年第 3 期、《锦西文化》2008 年第 1 期、《重庆商报》2008 年 10 月 11 日第 16 版《散文百家》专栏，入选 2012 年 11 月中国文联出版社《中国散文大系旅游卷第 6 册》、2010 年 10 月作家出版社《川渝散文百家》《精短散文佳篇选萃》（2018）等图书，获“2007 年度《散文潮》十佳散文奖”、2012 年 10 月中国散文学会“当代最佳散文创作奖”，2018 年 3 月 22 日“江山文学网”（晓荷·四季的故事）刊出。

沉醉喀纳斯

神说：给我留一块净土吧。喀纳斯便锁住了千年时光。

当我着一袭艳红的羽绒服站在禾木河宽大的木桥上时，我听见风儿在咏唱。

这是暮秋时节，瓦蓝的天空中，几朵白云正悠悠飘荡，禾木河静静地流着，穿过茂密的森林，向远方流淌。河水是幽幽的蓝，冷冷的清，看一眼便足以过滤掉浑浊的杂念和莫名的烦恼。河水是阿尔泰山的冰雪融化而成，沁骨的冷，即便是站在桥上，也能感觉到河水的寒意。河滩上裸露的鹅卵石或晶莹圆润，或棱角分明，在阳光下闪着褐色的光。河岸上，通体墨绿和金黄的树层次分明地站立着，挺拔而俊秀。墨绿的是塔松，苍劲而肃穆，金黄的是白桦，清新而明快。它们经年站在禾木河的两岸，宛若卫士默默地守护着母亲和心爱的姑娘。

桥的一端连接着一座村庄——禾木村。保持着最完整民族传统的图瓦人就居住在这里，是著名的图瓦人村庄之一，也是仅存的三个图瓦人村落中最大的村庄。此刻，这座山谷中的村庄沐浴在秋日的阳光中，远远看去，依山而建的圆木尖顶的小木屋被镀上了一层灿灿的金黄，宛若梦中的村庄在向我微笑。

我信步向村庄走去，村庄散布在山地的草原上，一栋栋小木屋用喀纳斯山上的红杉树或白桦树原木建成，牧群与雪峰、森林、草地、蓝天、白云构成了图瓦人村落独特的自然与文化景观。小木屋有大半截埋在土里，以抵挡这里将近半年大雪封山期的严寒，房顶用木板钉成人字形棚子，房体用直径三四十厘米的原木堆成，古朴粗犷，也成为图瓦人建筑的独特标志。小屋旁边三三两两地矗立着巍峨的红杉树和白桦树，红杉树枝叶浓绿，白桦树却金黄一片，还有些我叫不出名的灌木丛红艳着叶片，屋前的洼地上有水在泛着白光。草地上散布着一堆堆牛羊粪，却闻不到异味，相反空气是那样清新，散发着一股淡淡的草香。周边是阿勒泰山脉，山顶上终年覆盖着厚厚的白雪。母亲般的阿勒泰山将这个村庄紧紧地呵护在它的怀里。有学者认为，图瓦部落是成吉思汗西征时遗留的部分老弱病残士兵逐渐繁衍而成，有些图瓦人家里还挂着成吉思汗的画像，带着游牧民族的传统特征。每户人家的院落不算大，院落外围着一圈木栅栏，站在栅栏外，院子便一览无余。我驻足在一座小木屋的木栅栏前，向院子张望，一扇木门“吱呀”一声开了，走出来一位头上系着一条红色头巾的中年妇女。我忙招呼她：“妹子，你好！”她对我笑笑，俊俏的脸上飞出两朵红云。“来旅游的？”她朗声问我。“嗯，这是你家呀？就你一人吗？”“是我家，娃娃上学去了，男人到远处放牧，也要回来了。你进来坐坐。”边说边将木栅栏的一处围栏打开，我便走了进去。院子收拾得干净利落，有几只鸡在院子里撒欢，嘴不时在地上啄一下，又扬起脖子咯咯咯地叫几声。她要进屋给我拿凳子，我忙说：“不用，就在这儿坐一样的。”说着便在小木屋的门槛上坐下，她也坐在门槛上和我聊了起来。她告诉我村里现在村民不是很多，有的在夏季到来之前，将木屋租给了旅行社，到遥远的额尔齐斯河流域放牧去了，直到10月下旬大雪封山前才返回村里。有的则将自家院子腾出些房间接待游客。村里人现在日子都好过了，吃穿也都不愁，一般都是放牧半年或旅游接待半年。冬天这里冷得很，零下三四十摄氏度，冰天雪地的，水泼出去就冻成冰，哪儿也去不了，就窝在家里，乡里乡亲的相互串串门，男人们喝酒打牌，女人们拉拉家常，做点针线活，日子过得简单，不像城里人一年到头都忙。

她的话淡淡的，透着一股满足，可这淡淡的话却让我跌入梦中。

梦中的村庄是什么样？当我直抵渴望的内心，抛弃外在的干扰，让整个身心在自然中徜徉时，那些曾经很在意、很努力地追求的生活便不断地变小、消退。其实，人原本要的就是这种生活，简单、知足。当这种生活在古朴原始的村庄中自然呈现时，我们的心就清纯得如婴孩那张无邪的笑脸，透明而澄澈。

当我与禾木河木桥另一端高耸的木门挥手作别，走向一片金色的白桦林时，我竟然分不清呈现在我眼前的是一幅画还是我被框进了一幅画中，那撼人心魄的美让我惊得久久没能眨一下眼。

山坡上，溪流边，一排排，一丛丛，一片片的白桦树一棵拉着一棵，一排扯着一排，一片连着一片，从我的眼前如海浪般铺天盖地呼啸而至。那银白色的像长着千万双眼睛的树干在秋日的阳光下格外醒目，金灿灿的叶子像是把阳光都融了进去。地面上铺着厚厚的一层落叶，落叶在林间缝隙洒落的阳光下闪着斑驳的光。一条小溪穿过白桦树林蜿蜒向前流淌，溪水上也漂着金黄色的落叶，四周一片静谧，只听见小溪潺潺的流水声。这时，一位身穿迷彩服、头戴牛仔帽、脸膛黑红、身材硕健的图瓦男子骑一匹马向溪边走来，潺潺的流水声和嘚嘚的马蹄声在这林深莽阔的地方，却显出一种幽远深长的静，一种恍如隔世的远。林间的一块开阔地上，突兀地站着两棵相距很近的白桦树，一棵粗壮，一棵细小。粗壮的如苍龙，似壮士，坚硬如铁，稳如泰山，苍老的树干上，一片片爆裂的银色树皮在阳光下闪光，高大的树枝上金色的叶片熠熠生辉；细小的如顽皮的孩童，卷曲着身子往一边倾斜，好似要挣脱老树的庇护，去与灿烂的阳光拥抱。

我看着这满眼的金色，感受着天地间这份旷世的静，绝色的美，突然想起了19世纪俄罗斯著名画家列维坦的一幅油画《金色的秋天》：画中绚丽的金秋色彩，散发着浓浓诗意和大自然秋的气息。湛蓝的天空透明、清澈，飘浮着灰白色的云朵，宛如宝石一般的溪水在阳光下闪着幽蓝色的光，大片金色的白桦树挺拔俊秀，溪边和坡上的小草、野花以及田野正在由绿变黄起着细微变化，淋漓尽致地表达着画家心中涌动的激情，让我从此认为，油画更能表现秋天丰富的内涵和明快的色彩，更能让人摒弃秋的伤感而使之振奋。而眼前喀纳斯秋天的美，早已超越了列维坦笔下的色彩，真实地在我的眼前展现大自然这支神奇画笔的无穷魅力，以及在人心里激起的对自然、对生命、对人与自然关系的联想和尊崇。

突然一阵风起，白桦树金色的叶子飞离枝头，如蝶般在我的眼前飞舞，很快将地面上的落叶覆盖。簇新的落叶卧在地上，如孩子躺在母亲的怀中，甜蜜而安详。我默默地站在林间，听树的独语，听风与叶的对话，一份感动在心间弥漫。难道这仅仅是将要褪去金色的外衣，如千万棵直刺蓝天桅杆般的白桦树吗？那一片片曾经激昂地与阳光共舞的金色叶片只是岁月的匆匆过客吗？的确，白桦树在四季轮回中曾经伟岸挺拔，曾经亭亭玉立，那叶片曾经绿荫如云，曾经激情燃烧。虽然盛极而衰是世间万物的规律，但白桦树在严冬到来之前，褪掉华丽的外衣，用裸露的躯体去接受冰雪的洗礼，不正是为了新生、为了创造、为了生命的放歌吗？

走过图瓦人的部落，穿越宁静幽深的峡谷，一片美丽的湖泊映入眼帘。当喀纳斯湖羞涩而风情地在眼前呈现时，我再度跌入一个瑰丽多彩的梦。梦中是天堂还是真实的人间？我抛弃了往日的矜持，孩童般向喀纳斯湖飞奔而去。

此时是下午两点，阳光灿烂，湖水漪漪，平如明镜，纤尘不染。天空是蔚蓝色的，湖水也是蔚蓝色的。究竟是蔚蓝色的天空把湖水浸染还是湖水把天空复制？我抬头看看天又低头看看水，竟然一时找不到答案。什么叫水天一色？这就是了！

湖岸的山坡上，依然是墨绿色的杉树和金色的白桦树，它们沉默不语又激情澎湃。一湖清澈的水中倒映着天上的云彩、湖岸的山峦和树丛，湖面仿佛凝固成一匹锦缎，奇异而又迷人。坐船行至湖心，散落在湖岸上的游人身影渐行渐远，湖上一片岑寂，万物消声，唯有生命的呼吸在寂静的空间里咏叹。喀纳斯湖带给我一个全新的世界，也带给我另一种时间和生活。现在，就在我的眼前，就在这片静谧的湖上，就在阿尔泰山群峰之间，神和人类生存的美妙景象完美绽放。

神居住的地方是净土，是天堂，因为神的要求很简单，所以能保住原始和生态，但当初神创造人类的时候，人类居住的地球依然是净土，是天堂。人类在这个美丽的星球上与其他生命和睦相处，繁衍生息。经过亿万年的进化和演变，人类愈异强大，强大得可以在地球上肆意妄为，于是人类的贪婪攫取使地球千疮百孔、伤痕累累。人类引以为豪的科技迅猛发展，在破解大自然的无穷奥秘，掌握大自然的许多内在规律，给人类提供丰盈、便捷、舒适生活的同时，也像一把锋利的双刃剑，刺伤着大自然，也刺伤着人类自己。其实我们只要克制住强烈的欲望，每个人都自觉参与到保护地球母亲的行列，对大自然深怀敬畏之心，神的领地不就是我们人类的天堂？

今天，当我们深深怀恋和四处寻找那些曾经广布的人间天堂，当喀纳斯人自豪而又不无伤感地宣称“这是神的自留地”，当我沉醉在喀纳斯的湖光山色之中，与神共享这锁住的千年时光时，我们可曾想过，如我这般蜂拥而入的游人，是否扰乱了喀纳斯的宁静？山外那阴霾的天空，那些快速消失的村庄，那些荒芜的土地，那些已被污染的江河湖泊，会不会有朝一日也像瘟疫一样将喀纳斯传染？那时，神还会有自己的最后一片领地吗？神还会将这醇美的自然风光与人类共同分享吗？

一股浓浓的忧愁瞬间袭上心头。

我深情而忧郁地凝望着眼前的天空、雪山、森林、小溪和幽深平阔的喀纳斯湖，举起相机，将美景摄入镜头。

喀纳斯，难道你仅能用这种方式得到永恒？

2013 年 5 月初稿

2013 年 6 月修改定稿

刊于《四川散文》2013 年第 4 期、《老年文学》2014 年第 3 期、《堆谷风》2015 年第 1 期、《中国散文家》2016 年第 2 卷，入选 2016 年 6 月线装书局《川鲁现代散文精选》、2016 年 12 月中国文联出版社《第二届四川散文奖获奖作品集》、2019 年《沩水新篇》，2018 年 3 月 19 日“江山文学网”（晓荷·四季的故事）刊出，2016 年 1 月获四川省“第二届四川散文奖”。

戈壁猎奇

新疆的最北端，有一座镶嵌在沙漠中的小县城——布尔津。那是我要去的喀纳斯的必经之地。

去布尔津的旅途可谓跌宕起伏，给我的猎奇心理以极大满足。

戈壁磕头机

早晨乘车离开乌鲁木齐，沿着绵亘千里的天山山脉向新疆的最北端阿勒泰方向驶去。但见一望无际的草原一路伴随，城镇不时掠过，但在奎屯取道北上以后，一切便悄然改变：草儿悄悄地从地面隐去，城镇越来越少出现，大地由绿渐变棕黄，而后便进入戈壁。汽车在荒凉的戈壁滩上行驶，心也变得荒芜起来，正觉得困顿时，突听导游说："克拉玛依快到了。"听到这个地名，头脑中立即跳出小时候唱过的《克拉玛依之歌》的旋律："当年我赶着马群寻找草地，到这里来驻马我瞭望过你，茫茫的戈壁像无边的火海……你没有草，没有水，连鸟儿也不飞……我不愿意走进你……你这荒凉的土地……今年又赶着马群经过这里……密密的油井像无边的红地……我要歌唱你我要靠近你，你是大西北的宝石。”那时对克拉玛依的印象几乎全部来源于这支歌，现在马上就要进入克拉玛依了，心里不觉有些激动。

一片高楼大厦突然撞入眼帘，克拉玛依到了。这是新疆著名的石油之城，是我国1949年后发现的第一个大油田。汽车所经之处，从外表看克拉玛依依然没有草也没有水，也没有鸟儿，依然是一片火海！可是就在这片火海之中，却蕴藏着丰富的石油资源。在公路两侧，遍布着密密麻麻的“磕头机”即抽油机，那黄色、橙色、红色的磕头机在延绵百里广袤的戈壁滩上站立着，银白色的输油管道纵横阡陌般躺在荒漠上，形成了一道令人震撼的靓丽风景线。磕头机利用它一上一下的往复运动，带动油井内的抽油杆和活塞，在一千多米的油井的抽油泵中工作。把石油从一千多米的油井里抽到地面，经过地面管线输送到附近的油库。当我站在磕头机旁，镜头对着戈壁滩上这壮观的景象时，竟然对这茫茫戈壁充满了敬意，因为我真切地感受到，这戈壁滩虽然荒凉，却实在是一个聚宝盆，我的脚下汩汩流淌的石油不仅仅是克拉玛依的宝藏，更是我们国家珍贵的资源。而我对克拉玛依的建设者更多了一份崇敬，因为要把这荒凉的戈壁滩建设成欣欣向荣的石油工业新城，他们该付出怎样的辛劳啊！

触摸魔鬼城

依然是一路戈壁相伴，可地表的颜色由黄变得黄黑相间，两旁突兀的怪石悄然现身。我突然有点兴奋，潜意识告诉我，前方也许又会出现什么特别的景致。下午4点左右，一道诡异的自然景观赫然出现在我们的视线中，那是一些奇形怪状的土包，在地质学上叫雅丹地貌。真想不到，这些伫立在沙漠戈壁上的土包，还竟然有个这么好听的名字。随后我才知道，地质学上对它的注解是专指经长期风蚀，由一系列平行的垄脊和沟槽构成的景观。

远远看去，这雅丹地貌有点像上古时代的城堡，落没、原始，散发着荒凉旷古的气息，此刻在阳光下正坦荡地展示着它的粗犷、苍茫和孤傲。原来我们闯进了声名远播的“魔鬼城”，这让我的神经猛一激灵。魔鬼城？为什么叫这么个恐怖的名字？这里会是厉鬼出没的地方？心里不禁有些惊悚。待我们下车准备一探究竟时，天突然变脸，刚才还是晴空万里，瞬间便阴云密布，狂风卷着黄沙打在人的脸上，眼睛也睁不开了，突然一种如野兽般的怪叫声呼啸而来，顷刻这种怪叫声又演变成好似人被卡着脖子拼死挣扎时发出的沉闷声响，继而又变成一种尖细的凄厉叫声，令人心惊胆战、毛骨悚然。再将眼睛睁开一条缝看了看那些土包，此刻在风中似乎正张牙舞爪地扭动着，变得形同魔鬼般狰狞，要不是身边还有那么多同伴，我也许会反身逃回车里的。我问导游：“这是怎么回事？这声音怎么这么恐怖？”导游告诉我们，魔鬼城其实是一处雅丹地貌景观集中的地方，它还有一个名字叫“风城”。远在一亿多年前，这里是广阔的湖泽，气候温和，植物茂盛，生活着多种类型的恐龙。后来，经过两次地壳大变动，湖底上升，湖泊变成了间夹着砂岩和泥板岩的戈壁台地。经千百年的风雨剥蚀，裸露的石层被狂风雕刻成这种奇形怪状的模样。因为它特殊的地貌如同魔鬼般狰狞，而且每当刮大风时，呼啸的狂风在这些“险峻小丘”间穿梭回旋，发出种种怪诞之声，如同鬼怪凄厉的嘶叫声，“魔鬼城”因此得名。导游的这番描述令我对大自然的鬼斧神工充满了敬畏。

说话间，风停了，天又放晴，我们拿出相机，四处寻找拍摄点。爬上一座大土包，朝四下一望，我被眼前的景致惊呆了：沟壑蜿蜒间，红、黄、黑三色相间的土包层层叠叠，形态各异，有的像匍匐的野兽，有的似战马长啸，有的如延绵起伏的山峦，有的似埃及的金字塔，有的似昂头的骆驼，有的如侧影的人脸，还有的如楼台城堡……恍然如入幻境。再仔细看那些土包，虽然没有象征生命的绿色植被，但也是五彩斑斓：褐黄的岩面、灰绿的沙土、鲜红的石子，而最让人惊异的就是那一道道鲜亮的红色，就像是披在黄丘上的条条丝带，随着山体起伏蜿蜒，缥缥缈缈。我的恐惧早已消失殆尽，惊喜地在这些山石间徘徊游荡。轻轻地抚摸着斑驳的岩石，踩着沙沙作响的沙砾，我突然醒悟，原来大自然是那么的公平，虽让这方圆百里寸草不生，但却悄悄用另一种形式让它绽放异彩。而这些奇特的沙丘不论在我眼中像什么，它们都是与强风抗争的胜利者，尽管已经伤痕累累，甚至被风蚀成狰狞的模样，但依然在悲壮、坦然地迎接下一次对抗。谁说这些山丘没有鲜活的生命？它们的生命是如此的瑰丽、顽强！

玲珑精致布尔津

大漠苍茫，我痴痴地望着车窗外，眼睛不断地搜索着窗外掠过的景物，脑海中无数遍地构筑着“大漠孤烟直，长河落日圆”的凄美意境，幻想着能见到大雕直冲云霄的壮美身姿，但一切都没有发生，只见一望无际的戈壁滩上沙砾遍布，一丛丛的骆驼草在凄凄的风中低语。

突然，地表的颜色有了一些淡淡的绿，当绿色渐渐多起来时，蒙古包、牛、羊开始零星地从眼前出现。就这样，在日落时分，我们穿过荒凉的古尔班通古特沙漠，来到了另一片水草丰美之地，这就是阿尔泰山脚下的额尔齐斯河平原。布尔津则是镶嵌在这沙漠绿洲中一颗美丽的宝石。

布尔津是中、俄、蒙、哈四国边境线旁的小县城，生活着图瓦人、哈萨克族人和俄罗斯人，小城干净整洁，绿意盎然，四五层高充满异域风情的楼房色彩清新明丽，街道和马路两旁种满了各色鲜花，城外清澈的布尔津河与额尔齐斯河相汇，穿过边境线，蜿蜒流淌在哈萨克斯坦和俄罗斯广袤的土地上。

一下子从茫茫戈壁来到这山清水秀的边塞小城，我竟有点像进入仙境似的，感觉神清气爽起来。在酒店安顿好后，已是街灯璀璨之时，便与同行相约到街上店铺去购买到喀纳斯的御寒衣服。

那是一个美妙的夜晚，满天的星星点缀在布尔津穹庐似的天空，与繁华的布尔津县城万家灯火上下辉映，街上热闹非凡，夜市上游客摩肩接踵，一家挨一家的店铺灯火通明，带着异域风情的各色商品琳琅满目，叫卖声和讨价声此起彼伏，繁华的情景让我完全忘记这是地处沙漠中的一座县城。经过一番讨价还价，我在夜市上花一百二十块钱买了一件大红色的羽绒大衣。卖衣服的夫妻对我说，你穿上这件羽绒服到喀纳斯拍照会很漂亮的，因为现在喀纳斯一片金黄，是秋天最美的时候，并告诉我，这夜市过几天就要关闭了，因为喀纳斯在10月初就要下雪，只要一下雪就要封山，布尔津是去喀纳斯的必经之地，游客就几乎不会再来了。这里的冬季特别寒冷，有时要到零下二十多摄氏度，当地人一般只经营半年的生意，从10月份起到整个冬季，人们都躲在家里，或邀上亲朋好友喝酒聊天，或看电视或打牌，享受清闲的生活，到来年春天又开张营业，迎接来自八方的游客。要在半年之内挣够供一年开销的钱，其繁忙劳累可见一斑，心中便对自己刚才的砍价行为生出些愧疚之情。

购置完所需御寒物品后，我们来到布尔津有名的小吃街。这条街上几乎每个露天摊位都卖烤鱼，这种布尔津河里特产的鱼烤出来香气四溢，吃起来肉肥味美。抬头看着深蓝色天幕上闪烁的繁星，吃着美味的布尔津烤鱼，喝着当地酿制的白酒，顿觉塞外的夜晚是如此的美好，于是这塞外小城便被我的大脑永远收藏。

但让我心中对布尔津盛满诗情画意的是从喀纳斯返回布尔津后，见到的一次极其美丽的日落。

那是傍晚 7 点 30 分左右，我们正坐在餐厅准备用餐，不知谁说了一句："快去看落日，好美哦。"我急忙拿起相机，一路小跑到了一处四周是草地的湖边。

此刻，天际的那一轮太阳正燃烧着落在远处的湖岸上，艳丽的晚霞把半个天空染得红彤彤的，而另一半的天空是湛蓝色的，洁白的云朵在天上飘荡，空气是那样的纯净，弥漫着草的清香与落日的味道，湖中的芦苇和湖岸上高高低低的树木，还有我们几个看落日的人，都沐浴在一片最柔美也最耀眼的夕照之中。通红的太阳没有一丝犹豫，它不断地坠落，坠落，静静的湖面上映照出一轮火红的太阳，一湖碧水顷刻间变成了金红色。落日的余晖就这样以它金子般的灿烂与辉煌，坦坦荡荡地表达着对大地最热烈最深沉的爱恋与忠贞。那一刻，我静静地站在湖岸上，目睹着这沙漠绿洲中最瑰丽的落日奇观，突然悟到，日出日落，这是永恒的轮回。日出固然霞光万道、活力四射，充满了生命的张力，但落日也同样的绚丽壮美，它的生命虽然短暂，却毫无保留把最美丽的一瞬献给了大地，完成了生命的升华。

人的生命不也应该如此吗?

写于 2010 年 12 月

刊于《散文潮》2011 年春季卷、《堆谷风》2011 年第 2 期、2018 年 3 月 24 日"江山文学网"（晓荷 · 四季的故事）。

迷失在丽江

当我的脚一踏上丽江的土地，整个人就有一种晕乎乎的感觉。

丽江我去过两次。

第一次去时，我以为这种感觉只是初到丽江的一种新奇感而已，而再次去时，我却依然如醉酒般沉迷在丽江独有的气韵中。

这种现象，令我颇为惊讶。

上次去丽江，是 2002 年的春季，开会时去的。

我们住在丽江大研古镇南面一个名叫四合酒店的客栈。从客栈的小天井望出去，虽只看得见不大的一片天，却能望到一缕阳光斜斜地照射在客房的原木窗棂上，能从雕檐画廊的房屋结构里品味到丽江的历史和风土人情，还有店主熟悉的四川口音和亲切随和的笑容。门前的小桥流水，随风摆动的丝丝垂柳和有些凹凸不平的石板小路，无不令人有穿越时光隧道回到从前而迷失自己的感觉。

这种感觉让我很舒服。因为，迷失并不一定是坏事，有时在你身心疲惫时，迷失可以为你找回片刻的安宁，可以让你浸润在一种自由的、放纵的想象空间里。在丽江，我随时随处就被这种叫“迷失”的东西搅和着，并畅快地享受着这种迷失所带给我的温暖、慵懒的感觉。

当我们穿行在古镇四方街上密如蛛网的小巷时，小巷中一家家花花绿绿的铺子让我迷失在各种手工制作的工艺品中。那些手工制作的各式皮包、牦牛骨制成的梳子、刻有诡异色彩的东巴文字的吊坠、风铃、鲜艳而富质感的披肩、雕刻精美的铁木大象、五彩缤纷的玉石首饰和极富纳西族色彩的木雕画，都让我忘掉了世俗的一切。我掏出钱包，一件又一件地挑选着心仪的工艺品。当我驻足在一家制作木雕工艺品的店铺前时，立刻被一双正在制作一件外形像一个木勺的工匠的手所吸引。这双手极粗糙却极灵巧，那把很小的锉刀在他手中飞快地舞动着，木勺上就显现凹凹凸凸的线条。这些线条被他涂上各种艳丽的色彩后，一件木雕工艺品就诞生了。这个大大的木勺上雕刻着一幅猎归图，一位勇猛的纳西族武士骑着一匹壮硕的白马，肩上扛着一只火红的狐狸，在暮色中如一股旋风疾驰而来。武士头上漆黑的长发随着白马的奔跑而飘逸着，头颅侧偏仰望着天空，一种粗狂、蛮荒的气息扑面而来。这让我既钦佩又冲动，竟然没与店主讨价还价就购买了这件作品。当我拿在手中细细看时，发现木雕背面没有作者的署名，只有用毛笔题写的“水木空间”字样，这让我的疑问和想象空间在顷刻间膨胀。这个“水木空间”是谁？为什么作者不署上自己的真名？是雕刻这件作品的工匠？还是另外一个作者创作画面，由这个工匠完成雕刻，两人共同完成的作品？我突然笑了，为自己陷入这个莫名的猜测，为自己的肤浅而笑了。丽江的东西是哪个个人的吗？这个“水木空间”既不是工匠也不是哪个作者，它是丽江的，它属于勤劳的纳西族人，属于奇妙灿烂的东巴文化。而我再看这个木雕时，却突然发现，它的外形哪里像木勺，分明是一个惊叹号呀！对，它就应该是一个惊叹号，因为东巴文化的气韵都浓缩在这个符号里了。我为自己的发现而兴奋，并陶醉在这突如其来的想象中。

我就这么信马由缰地想着，竟忘了时间，忘了和我一起的朋友——我和朋友走散了。我四处张望，看不到他们熟悉的面孔，只看到许多如我一样，眼里泛着迷离的光泽，脸上荡漾着满不在乎的、将一切都置之度外，只享受着眼前这份闲适笑意的人群。我四处张望，寻找着他们的身影，但未找到，那就一个人先回客栈吧，可我怎么也找不到回客栈的路，我迷路了，迷失在小巷通往四面八方的那张网中！

突然想起曾听人说过，在丽江如果迷路了，只要沿着溪流的方向逆流而行，就一定能找到想去的地方。于是，随便找了条小溪，便左顾右盼地悠然走着。

溪流纵横交错在大研古镇的大街小巷上，发源于象山的玉泉河水流入丽江后，便分成无数支流，像叶脉，似经络般密布在大研的土地上，像血液一样时时刻刻滋润着这座古镇。古镇的街道主街傍河，小巷临渠，三百多座古石桥与溪水、绿树、繁花、古巷、古屋相映。溪水清澈得能见到水底青翠欲滴的水草，一群又一群红色的小鱼在溪水里逆流而上，莫非它们也如我般迷失了方向？或者也如我般迷失在古镇的万千风情之中？

第二次去丽江，是和家人一块儿去的。

下了飞机来到预订好的那家早已熟悉的四合酒店，已是华灯初上。稍事休整后丈夫提议：“去酒吧街喝酒吧。”我和女儿欣然应允。

出了客栈，只见潮水般的游客摩肩接踵地涌向酒吧街，人群中不时响起一串串欢快的笑声，笑声掷在青石板上，抛向缀满星星的夜空。

各家酒吧早已座无虚席，我们只好在一柳丝低垂、繁花倒映、木桥卧波，摆着一张张木制餐桌的小吃摊前坐了下来，点了牦牛肉、烤肉串、丽江粑粑等风味小吃。

杯中的啤酒清澈透亮，在灯光的映照下发着橙黄色的光泽，沿河两岸，一串串大红灯笼在夜色中随风摇动。这时，夜空中飘过来一阵时断时续缥缈不定的乐声。这是一种我从未听过的音乐，清丽哀怨宛若天籁，顿时一种忧伤的情感在心间弥漫。我问店主，这是什么音乐这么好听，店主告诉我，这是纳西古乐，是丽江独有的音乐，可以去听听。

这是一个美妙的下午，因为纳西古乐，我再次迷失在丽江。

当一个个着素色纳西族服装，留着长胡须的老艺人端坐舞台，用古老的乐器熟练地演奏那凄清、柔美的纳西古乐时，我的灵魂就被带入了那缥缥缈缈、亦幻亦真的世界了。

曲声悠悠，古朴清丽的纳西古乐似行云流水般徐徐飘来，慢慢地浸润到我的心底。那一刻我脑海里一片静谧，没有了红尘杂念，唯有古乐的声音，唯有恬淡的心境。一曲苍凉浑厚的《淘沙》演奏完毕，我却还沉浸在无边空灵的境界中，久久不愿回到现实世界中。

“春花秋月何时了，往事知多少？小楼昨夜又东风，故国不堪回首月明中。雕栏玉砌应犹在，只是朱颜改。问君能有几多愁，恰似一江春水向东流。”当三个纳西族女青年在低沉哀怨的乐曲声中，用纯朴天然的音色唱着这忧伤的歌词时，我的思绪穿越千年时空，眼前幻化出南唐后主李煜，因宋兵攻破金陵被俘后幽囚于汴京的一座小楼中，在夜阑人静时，倚栏远望，对着那一片沉浸在银光中的大地，多少故国之思，亡国之恨、凄楚之情，涌上心头，一声深沉的浩叹，写下这首惊天地泣鬼神，流传千古的《虞美人》。我仿佛看到后主于生日（七月初七）晚，在寓所命故妓作乐，唱《虞美人》词，声闻于外，宋太宗闻之大怒，命秦王赵廷美赐牵机药，将他毒死时那一双充满悲愤的眼睛的情景。我的心随着乐曲而悲伤，泪眼婆娑中好似见到李后主飘然而至，正凝神屏息地倾听着他的绝命词《虞美人》，李后主脸上滑过一丝笑意，为词牌曲调在历经千年变迁后，依然被传唱而感动。

我的脸上悄然露出笑容。当历史与乐声，思绪与感叹撞击的一瞬间，艺术便成为永恒。

我能不再次迷失在丽江吗?

写于2010年10月

刊于《散文潮》2010年秋季卷、《老年文学》2010年12月总第57期,"四川文学网"2017年12月6日、"江山文学网"(晓荷·四季的故事)2018年3月17日刊出,入选《精短散文佳篇选萃》(2019)。

高原秋韵

高原，我来了，在这秋意浓浓的十月！

来不及洗去风尘，眼前的秋色秋景，如清澈的山泉浸润着我的双目，于是，秋声秋韵撩起了心中的梦。

秋色如水般淙淙泻下，漫向秋天深处的田野。秋空下静谧的黄褐色土壤，展示着康巴高原独有的风韵。一沟一壑之间，涌动着山脉的起伏，在蓝天下组成力量的排列。河流在山间或激越奔腾，或舒缓流淌，它是力量的源泉，让高原桀骜不驯又温情脉脉。

有着春天青枝绿叶的繁茂，必然迎来秋天的遍地金黄。在这个丰盈而美丽的秋天，塔公寺的钟声在田野间回荡，慈悲的情怀使田野不再空旷。有树伫立的田野，充满诗意；有牛相伴的草原，充满灵性。一边是挺拔的树，一边是从容的秋野，高原的土地上，泥土的芳香正在秋风中弥漫。

秋天深处是神秘的，秋天让田野金光灿烂。而此时的田野是真实的，一场收割过后，青稞粒粒归仓，独自留下的是树和牛。

静静的树，伸展在湛蓝的天空。作为最接近阳光的土壤，高原上生长着最坚实的树木，苍劲的胡杨树以奔放的热情泼洒着金黄的色彩，以落叶的方式渲染着秋天的魅力。这一刻，胡杨树将成熟的美丽，绽放为生命的绝唱。

悠然的牛，带着胡杨的色彩、收割青稞后土地对来年的期盼，游走在飘着芳香的田野中，满怀着对家园的依恋和对高原的眷念。

甲居藏寨里院门敞着，屋里飘出的炊烟，温软着茂盛的山林和流淌的溪水。美丽的石榴花——高原的女儿，用两个最平常的动作，表达对秋天的敬仰：仰头凝望，那是一种崇拜；双手合十，那是一份感激。

高原的秋天，给了山寨沉甸甸的收获。藏民拾掇着日子，将心血与汗水，收藏于泥坯筑起的房中。山寨的女儿站在门外，心怦怦跳着，脸上挂着甜甜的笑，目光越过寨子望向山野，山坡上甜甜的苹果挂满枝条。这是高原之秋赐予的硕果，这么丰厚又这么坦然。

秋野、山花、湛蓝的天空，胡杨、牦牛、山寨的女儿，构成了高原梦幻般的仙境。一道山梁，一粒泥土，一朵水花，一缕晨光，都蕴含着生命的深刻含义。此刻，唯有玛尼堆上猎猎飘扬的经幡，还有纯净的心灵与干净的呼吸，才能触摸高原深处最圣洁的生命之光。

在金黄的树林中行走，在灿烂的阳光里行走，在灵光环绕的雪山上行走，我沉醉在秋天高原的勃勃生机中，于是，欢呼与跳跃定格为高原秋韵中永恒的瞬间。

写于 2006 年 11 月

刊于《中国核工业报》2007 年 11 月 7 日第 4 版、《堆谷风》2007 年第 2 期、《四川文艺报》2009 年 6 月 1 日第 2 版、《四川散文》2011 年 11 月秋季卷封面美文，被收入《中国散文大系抒情卷第 8 册》，获中国散文学会2012年“中国最佳散文创作奖”、“大地金秋”散文征文一等奖。此文于2007年5月改编为电视散文，2016年1月重新改编拍摄为电视散文，《天府影视》（电视散文·视频）2018年1月6日播出，获《天府影视》2018年度优秀作品。

行走在仓山音乐小镇的石板路上

挽一缕秋风，携一丝浪漫，我行走在仓山古镇的石板路上。斑驳的光影投射在雕花的廊檐上，也将我的身影拉得有些颀长，我身上穿的连衣裙突然变形，宛如披着一件斗篷，穿行在时光铸就的小镇上。

这个普通的初秋，我与仓山古镇偶然相遇，秋天便韵味悠长，身心因音乐的滋养而神思荡漾。那些与仓山有关、与音乐有关的憧憬与遐想，便弥漫在秋日古老的小镇上。

仓山大乐，音乐瑰宝

那是一种什么样的音乐，可以响彻天际，令人热血贲张？

那是一种什么样的节奏，可以激越亢奋，让人壮志凌云？

那是一种什么样的音律，可以温婉娇羞，如怀春的少女？

那是一种什么样的情怀，可以年年岁岁滋养一方水土，富裕百姓的精神世界？

那又是一种什么样的力量，可以穿透三千年深邃时空，呈现它的坚韧与顽强？

它是仓山大乐！唯有仓山大乐，才有如此魅力，令人一见钟情终生难忘！

从此，我的血液里张扬着它的豪情、它的力量，也流淌着它的温情、它的柔肠。

三千年了，大山可以移位，江河可以改道，政权可以更迭，一代代人可以随风而去化为尘埃，而大乐却穿越时空代代相传，这个“音乐活化石”诠释着中华文化的博大精深，也彰显着中华民族精神的力量。

我的意识超越光的速度，直抵三千年前的周朝。

相传那是在一块名叫皂角城的肥沃之地，位于四川省三台县潼川镇，与南仓山镇毗邻。那一日，残阳如血，旌旗飘飘，战马嘶鸣，群情激昂，周文王的军队打了一个大胜仗。

将士们欢天喜地，以盾牌相击、刀枪相撞、奏乐狂舞，将打胜仗后的喜悦，展现得快意盎然、淋漓酣畅。

青铜盾牌奏出的音乐震惊了文王，文王下令铸青铜大钹以代替盾牌，周朝宫廷乐师进行综合编排，于是周乐就此诞生，中华民族的音乐瑰宝，从此闪耀在星空下。

传至唐开元年间，唐太宗李世民在一次偶然出巡中听到此乐响彻天际、高昂动听，演奏队形气势如虹、壮观豪放，与当时宫廷音乐大相径庭，遂命名为“大乐”，专供登基出巡之用。

大乐在汉代、唐代、宋代得到发展。宋代战争频繁，每逢战事，都要奏大乐，以振军威，军乐曲牌越来越多，气势越来越大。排兵布阵离不开它，班师祝捷离不开它，祭拜天地祈求五谷丰登也离不开它。

然大乐也历经磨难，曾随南朝的灭亡而销声匿迹。但优秀的文化总是深植于它成长的沃土和人民的心中。此时，一个姓周的宫廷乐师随湖广移民，颠沛流离到仓山定居。历史有时竟是机缘巧合，大乐携着历史的烟云又回到了它的诞生之地，其后代代相传直至今日。

清光绪三年，大乐乐器开始换新，乐谱开始外传，距仓山三十公里的蓬莱镇（大英县）和金堂县淮口镇（现为淮口街道），均相继派人到仓山学习大乐。鼓师由精通川剧乐鼓、六乐、班鼓等在当时巴蜀享有盛誉的乐师朱习和担任，并对大乐乐器和打击方式进行革新，加入了四川闹年锣鼓，成为具有南北乐交错的打击乐，在民间流传不衰。

1949 年仲春，为迎接南下的解放军过仓山，民众擂响的大乐，竟使一群听过山西威风锣鼓和兰州太平鼓的北方汉子为之倾倒。

1949 年以后，大乐成了仓山民众喜闻乐见的乐曲。但二十世纪六七十年代，仓山大乐停止发展，直到改革开放后作为非物质文化遗产进行保护，仓山大乐才重振雄风，冲出四川，震惊全国。

仓山古乐的瑰丽和源远流长的历史，撩拨着我的心，多想亲眼看看这历经沧桑古乐的风采，亲耳听听古乐的音律，可遇见要讲机缘，仓山古乐宛如深山中的庙宇被云雾萦绕，让我只能隔山相望。但在会议室播放的视频，仍让我见识了仓山大乐雷霆万钧的阵势、夺人心魄的气韵。成百上千的演出者在广场上排开阵势，那艳丽威风的古代战袍服饰耀人眼目，那手持青铜大钹、铜锣乐鼓的乐队快打惊天动地排山倒海，慢打和风细雨丝丝入扣，既有北方锣鼓雄浑、粗犷、豪放的特点，又有四川闹年锣鼓隽秀的风格。乐队的仓山汉子彪悍遒劲，舞队的姑娘婀娜多姿，那阵势既威风凛凛、气象磅礴，又娇俏可人、柔媚妖娆，这样独具特色的打击乐和乐舞，的确令人叹为观止，果真是气韵甲天下。

这样的音乐，怎不令人豪情万丈，催人奋进，让我这样的女子也如醉如痴、英气勃发！

音乐古镇的遐想

漫步在小镇的石板路上，古老文明的气息如风般扑面而来，令我目不暇接，让我细细端详。气势恢宏的帝主庙令我眼前一亮，我仿佛看到“湖广填四川”时，先民们离乡背井迁徙到仓山的沧桑，将绵绵不绝的乡愁，留在了精美绝伦的雕刻上。

登上陡峭湿滑的石梯，来到翠柏环绕的火焰山上，朝龙寺幽静的佛堂，正被缥缈的香烛烟火萦绕。那位眉清目秀的尼姑，正往供瓶里注入清水，虔诚的神态，宛如传说中那位美丽的女子，因与乾隆皇帝邂逅于仓山，结下一段情缘，建起这座朝龙寺，每日为乾隆祈福而心如止水、淡然安详。

沿碧草萋萋的山间小道，探访掩藏在山野中的摩崖造像。大旺寺的残垣断壁和石龛精美造像，让我恍然穿越到唐朝，与灿烂的盛唐文明拥抱。

行走在仓山古镇宽阔的大街上，苍翠的绿荫与悠远的长空，述说着延绵不绝的文明对这块土地的滋养，还有小镇年轻的镇领导，他对仓山音乐小镇建设的描述，让我在历史与现实中游荡，心田萌生诗意的遐想。

我想在平日的休闲时光，将身心沉浸在这座古老的音乐小镇上，让岁月在这里静止，心怀禅意，去触摸时空留下的痕迹，品味岁月的沧桑。

我想在节假日的喜庆时间，或者当我心情沮丧，去仓山音乐广场，目睹大乐威武雄壮的风采，让我的喜悦随大乐的鼓点尽情释放，也让我的忧伤随音乐的节奏消失在那片天空下，重新找回我的自信、我的力量，像奔腾的河水泛着浪花一路欢歌奔向远方。

我想短暂旅居在音乐小镇古香古色的客栈里，依傍在雕花的窗棂下，品一杯香茗，吟一首小诗，喝一杯美酒，尝几碟美食，把悠长的岁月细细咀嚼，让诗意生活如甘泉般缓缓流淌。

我想在弥漫着如水般轻柔的音乐声中，寻找给小镇注入灵魂的“聚贤乐坊”，拜访那些被“音乐细胞”浸淫得几近痴狂的音乐家，感受他们细腻的情感、奔放的激情，还有如烟般轻灵如海般深沉的音乐才能与创作的酸甜苦辣。

我想到数字化音乐产业双创基地去探访，看那些令人眼花缭乱分不清是虚拟还是现实的音乐产品，如何快速流向全国各地四面八方。于是一首首歌曲的轰动效应，便是对他们最高的奖赏。

我想走进那座美丽的宛如水晶宫式的“音乐亭”，戴上耳机，便与凡尘俗世做个短暂隔离，用指尖轻点触摸屏，迷你 KTV 在瞬间呈现，我放开歌喉唱上一曲，把自己的情绪演绎得花前月下，也宣泄得痛快淋漓无比欢畅。

我还想出没于小镇装饰典雅的一排排商铺中，摸摸钢琴锃亮的琴盖，试试古筝纯正的音色，听听小提琴拉出的优美的《梁祝》，还有二胡悠扬的《二泉映月》。那些我见过和没见过的各种乐器，在我的眼前闪烁着迷人的光泽，我流连在乐器的商铺里，从此小镇便在我的头脑里贴上“乐器王国”的标签。

但我更想将自己的心灵放逐在这块古老的音乐基地上，去记录和感受它的变迁、它的发展和它追逐梦想的辛劳。

初秋，我行走在仓山音乐小镇的石板路上，憧憬与遐想犹如脱缰的野马自由奔跑。

但我相信，这一切并非我个人的想象，当我再次踏上仓山古镇的土地，迎接我的一定是音乐小镇独具特色的繁荣景象。

在这个美丽的初秋，在这古老的石板路上，我和仓山音乐小镇做个约定，好吗？

完稿于 2018 年 10 月 3 日 21 点 30 分

刊于《德阳散文》第5卷2018年第4期、《西部散文》2018年第4期、《大洋文艺》微刊2018年10月12日，获《大洋文艺》2018年度优秀作品，入选《川鲁现代散文精选》第2卷。

乡村逐梦

我兴味盎然地游走在广汉市松林镇（现并入连山镇）的乡间绿道上。

漫山遍野的红橘在绿叶间展露笑靥，把深秋的丘野田园装点得婀娜多姿。一条被称为“红花果绿道”的乡村小道在广汉松林镇的橘林和柚林中蜿蜒，行人满襟浸染扑鼻的清香。一条窄窄的乡村民居巷子突然映入眼帘。地上的青砖和房顶雕花的青瓦泛着旧日的记忆，巷子两侧雪白的墙上，以蓝色为基调的涂鸦让我的眼睛突然一亮。

霎那间，我的神思掠过大西洋，飘过地中海，来到位于欧洲西南部伊比利亚半岛的西班牙。在那里我曾拜访过毕加索的故居——马拉加市中心毕加索艺术博物馆。怀着对这位世界上最著名的超现实主义画家的崇拜之情，我走进了这个博物馆，也走进了这位画家奇妙的内心世界，感受着他用线条与色彩对世界的解读和对人性光辉的诠释。后来我穿行在马拉加这座城市时，在一处干枯的河流两侧，看到河堤上绵长的抽象派涂鸦。那个弥漫着浓郁艺术风情的城市从此深深地印在我的脑海之中。可这里是中国广汉松林镇的一个乡村，当这个乡村小巷两侧涂鸦墙与我不期而遇时，掩埋在记忆深处的毕加索的绘画和河堤上耐人寻味长长的抽象涂鸦，竟然像发出耀眼光芒的一束激光，从东西两个不同方向瞬间在我的眼前交汇，这种魔幻般的体验既让我惊异，又让我有晕眩的感觉。

我意识到，这个乡村肯定还有着别样的风情在等待我的到来。于是放慢脚步，眼睛不断掠过那些压弯枝条红红的柑橘和青黄色的沙田柚，寻找着我也不知道的什么东西，只是潜意识里有一种奇异的感觉：这个乡村不是一般的乡村，也不是普通意义上新农村建设的示范，而是会有独特内涵的东西呈现。果然，走过一条小溪，穿过一片柚林，便传来笑语喧哗的声音，那是沙田村的文化中心地带。远远望去，粗壮的柚树上似变魔法一般出现了排列不规则的黑白色圆形牌子，我赶紧加快脚步走到近前，一看那白色牌子上画着许多素描人物，牌子上写着“地摊节”“自嗨节”“戏剧节”，还写着“风骚际会，创意练摊”“恶心自己，娱乐别人”“乡村舞台，好戏纷呈”“文艺际会，创意集市”等妙趣横生的注解字样。一幅“广汉松林第二届国际地摊节 Par”的大型海报横挂村头的木桩上，不远处泛着绿意的大型木牌上写着“松林镇沙田村村规民约”，还有醒目的“科普文化长廊”竖立在绿林之中。我不禁笑了，果然有些别样的风情，正在心里为自己的预感而自得时，目光突然停留在柚林中一处房舍门上的墙上，那上面挂着一块黑色的小木牌，牌子上写着“猪圈书吧”，而那扇门上白底黑字写着一个大大的繁体“書”字，门的另一边搁置着一块算是招牌的牌子，牌子上用彩色粉笔书写着“越南滴漏咖啡体验馆”“蜜汁”“烤茶”“甜点”等令人眼花缭乱的文字，一种怪异的却又充满浓郁文化韵味的气息扑面而来，令我有些愕然、有些不解，又有些好奇。“猪圈”“书吧”“咖啡”，当这些风马牛不相及的东西组合在一起，荒诞的文艺感让我的脚不由自主地跨进了书吧的大门。

屋子靠墙的一角摆放着一排书架，上面整齐地排列着各种书籍，屋子中有几个或站或坐的人正闲适地看着书。我又走进了咖啡间，这里精致中带着乡村风味的情调让我心底顿生暖意。只见雪白的墙上画着一枝初露绿意的树丫，上面停歇着几只倦鸟。一块以紫色为基调的抽象派画作，镶嵌在咖啡色的木框中，成为一道屏风倚墙而立。一张小巧的长条桌上铺着深蓝色的桌布，桌布上铺着一块浅蓝色蜡染桌旗，上面随意地放着一个陶罐，陶罐里几只白色、黄色和橘色的非洲菊正灿灿地笑着，桌边两侧是竹制长椅。屋里弥漫着一股咖啡的浓香。我情不自禁往竹椅上一坐，竟又神思恍惚起来，那些在欧洲、在美国的乡村小镇晒着太阳，喝着咖啡的悠闲时光又出现在眼前。一种温馨、舒适、新奇的感觉溢满全身，这感觉令我如梦如幻。是的，这真是一个美得宛若梦中的乡村！但这不是梦境，是真实的乡村！可是，当这宛若梦中的乡村真实地呈现在眼前时，我还是固执地认为这依然是我一个关于乡村悠长的梦境。

带着这个梦境，我走进了沙田村一个宽大的院落，其实也就是村民活动室。活动室布置简朴素净，墙上一侧挂着一幅反映沙田村村民活动的长卷画作。一条写着“青年论坛：智绘乡村，重现乡村生机”的大红横幅非常抢眼地挂在另一侧墙上，使这简朴素净的活动室显得生机勃勃。屋子中间的几张桌上摆满了刚从树上摘下的柑橘和散发着柚香的柚瓣。我们一边品尝着水果，一边与松林镇年轻的党委书记、镇长及村民聊天。在聊天中，几个年轻创业者的故事，让我明白了这个乡村为什么会给我如梦的感觉，因为他们本身就是乡村逐梦人。

“把松林镇打造成乡村旅游胜地”。这是一个大胆而又切合实际的梦想。松林镇地处浅丘地带，20 世纪 90 年代就开始大范围种植水果，但并未形成规模。以规模种植优质柑橘、柚子、葡萄，建“红花果绿道”为契机，整合乡村资源，就地取材，打造别具风情的原生态乡村模式，大力发展乡村旅游，让在外打工或经商的村民回归故里，让村民过上幸福生活。这是一个美丽的蓝图，这个蓝图由松林镇党委、政府提出，但这又是一个梦想，这个梦想需要一个人来具体策划和实施。

这时，一个名叫喻昌波的年轻建筑设计师走进了松林镇。他是土生土长的松林镇人，从小就立志要离开贫困的农村，到大城市去实现自己的人生理想。他刻苦学习，以优异的成绩考上北京书画学院美术设计专业。大学毕业后，常年在中国大城市和云南丽江等地从事建筑设计工作。事业有成的他身处繁华的都市，却魂牵梦萦着生养他的故乡。在当下人们总会在不经意间就谈到乡村的记忆与情感，心中涌动着乡愁的复苏，回归乡村思潮渐起以及“振兴乡村”的历史背景下，他对故乡的眷念日益强烈。带着一腔激情和打造生态沙田、魅力松林的美丽梦想，带着奇思妙想和深思熟虑的设计方案，带着“文化下乡，不如文化人下乡”的理念回到了故乡，在与松林镇原党委书记宋友一番思想上的交锋后，因地制宜建设别具魅力的美丽乡村的共同梦想让他们相互理解，并碰撞出耀眼的火花，一种神圣的使命感使两颗年轻的心走到了一起。喻昌波把自己多年积累的聪明才智和对复苏、回归、提升美丽乡村的梦想与理念、心血和汗水抛洒在故乡的土地上。他们动员村民利用废弃的材料建造房舍院落、在果林中用碎石铺设红色的健康绿道，把全村和乡邻的果林和房舍院落全部串连起来，在一年四季花果飘香时，不仅游人可漫步绿道观赏美景，而且方便村民在林间劳作。他们的举动得到了村民的理解与支持，不少村民将家中废置不用的大缸、农具等家私交给他们，经喻昌波的处理，居然成为村庄一道道亮丽的风景线。

一个自然生态的乡村回归了，但这只是乡愁的复苏，他们梦想中的乡村还应该有更深刻的内涵，这就是必须融入文化元素，因为这是未来中国乡村建设的灵魂。于是文化的植入便使这个乡村有了质的提升。喻昌波有一件至今提起仍神采飞扬、津津乐道的事：他把眼睛放在了村里那个废弃的猪圈上。经过改造装修，原本粗陋肮脏的猪圈，华丽转身变成了一间格调雅致的房子，再经他别出心裁的命名，便有了抢人眼球的

“猪圈书吧”的名号。

这间怪异又温馨的书吧，很快被近邻村庄的一位姑娘陈倩相中。她是一位大学生，从四川中医药高等专科学校毕业后，本想追随在越南经商的父母，帮父母料理生意，但陈倩的父亲，这位为摆脱贫困而走出乡村，走向城市、走出国门的汉子，也许是见识更宽更广，或许是家乡的变化触动了深埋心底的故乡情，动了让女儿回故乡创业的念头。陈倩开始在沙田村当志愿者，参与一些公益活动，当这个别致的“猪圈书吧”亮相后，出于文化人的敏感和想用文化传播改变、提升村民文化素养，同时也想自主创业，把咖啡引进村民生活，让来乡村旅游观光的游客体验悠闲浪漫的田园生活的梦想，她租下了这个书吧。在政府的支持下，书吧里各类图书既丰富了村民的文化生活，又让她以此为依托，开办了咖啡馆，做起了滴漏咖啡的生意。

此外，他们策划开展了国际地摊节、乡村艺术节，特别是戏剧节的开展引来了全国各地的艺术家，有的甚至自费到乡村献艺。这对从未直接欣赏过这么多种类戏剧艺术的村民来说，无疑是精神大餐。

一些画家也被这里优美宁静的自然环境和开放的文化氛围所吸引，相约到松林镇开办工作室。这些艺术家们还常给村里的孩子们上课，让他们从小就受到艺术的熏陶。

当松林镇的乡村振兴做得有声有色时，又一位年轻人的身影出现在沙田村的林间地头。他叫谢炼，是一位导演，在影视业界小有名气。他也是沙田村“逃离”到外面世界的人。当年，他念小学的时候，就对贫穷的家乡充满了绝望，时常望着延绵起伏的丘陵发呆，甚至对着山野大声呐喊，他不知道自己人生的路在何方。他渴望冲出山野，冲向更广阔的地方，于是发奋读书，终于考上电影学院的导演系，整天在国内或国外拍摄影片，并小有成就。这些影片没有故乡的影子，但故乡是他心底最柔软的牵挂。于是他回到了故乡，贴近泥土，贴近生活，他要拍摄家乡的乡村手艺人、乡村艺术家、乡村的变化、乡村的美好，记录乡村如何从苍凉贫穷到食能果腹，人们离开乡村外出打工，解决了温饱却荒废了田园，自然生态环境恶化，乡村破败凋零到重建乡村，智绘乡村，留住乡愁，留住绿水青山、留住炊烟袅袅的乡村美景。他的计划够宏大：拍的片子要去参加国际影视作品展，他要把美丽的家乡介绍到国外。

到松林镇沙田村的文化人多了，相聚后谈得最多的便是乡村的话题，他们在琢磨，在提问：为什么全国各地的艺术界人士愿意来乡村，甚至是自费来演出或展览，他们心里是怎么想的？目的何在？他们的举动有什么意义？为什么已经离开乡村的文化人又要回归故乡？这样的举动意味着什么？乡村振兴的内涵和意义是什么？……于是“沙田乡村建设研究院”便应运而生。这个自觉的、非功利性的举动，将会带给沙田村、带给松林镇、带给广汉市什么影响，我们现在还不得而知，但起码像喻昌波、陈倩、谢炼这样的文化人，以及这群中国已经觉醒的乡村逐梦人在身体力行的同时，已经在自觉地、深层次地思考这些问题。

松林镇的沙田村只是广汉市一个乡村的缩影，振兴乡村其实一直是广汉人民孜孜不倦的追求与梦想，从 1980 年 6 月，率先在全国摘掉“广汉县向阳人民公社管理委员会”的牌子，换上“广汉县向阳乡人民政府”牌子，这静悄悄的一摘一换，却震撼了中国、震撼了世界，改变了中国数亿农民的命运，拉开了农村政治体制改革的序幕，成为中国改革开放“第一乡”。在这种敢为人先的精神激励下，广汉农村改革开放和乡村建设始终在摸索中不断前进，广汉的这片土地，在改革开放四十余年中，已经告别了贫穷、告别了千百年来陈旧的农耕生产运作方式，以自己独特的理念，开始了与现代农耕文明相适应的农业发展和乡村振兴的建设蓝图，不管前进路上遇到多少困难，更多像喻昌波、陈倩、谢炼们为改变农村落后面貌，建设新农村而追逐自己心中梦想的人，会从外面的世界回归乡村，回归自然。

因为我们每个人的心灵深处都有对于乡村的依恋，都埋藏着一个关于乡村的梦想。

完稿于 2018 年 12 月 9 日

2019 年 2 月 23、24 日连载于《天府影视》微刊平台。

五尺道留下深情一瞥

一种虚无缥缈向我袭来，在这初秋的乌蒙山里，确切地说，是在云南昭通乌蒙山的一条河边。这条河从哪里来，到哪里去，叫什么名字，我一概不知，也不想知道，因为此刻我已被眼前的那种山在虚无缥缈间的景象所迷惑、所震撼，像丢了魂似的痴痴地望着，望着天空中飘飘洒洒的雨丝，望着那朦胧的山、朦胧的河，那如烟如幻的白云似水，从山的这头向山的那头漫去，又如轻纱般的飘带在这座山峰和那座山峰间轻柔地舞动，这一刻，天与地一片静谧，云与山缠缠绵绵，树与河醉眼相向，人与天地、群山、河流就有了融合的感觉，似乎我就是那缥缈的云、那逶迤的山、那葱绿的树、那波澜不惊的河流，在天地、山川、河流中袅袅地走、慢慢地游、飘飘地飞，直到隐没在那片虚无缥缈中。

这是一种从未有过的体验，因了那云，雄奇壮美的乌蒙山，却变得虚无缥缈，而这虚无缥缈的表象后面隐藏着一方具有厚重历史的热土，这种相抵相悖独特的感受是昭通这片神奇的土地给予的，也是我那近似于教徒般虔诚地来探望蜀王故里的心理作用的结果。

在昭通的几日游历，所走过的每一个地方，都是震撼心灵的一场遇见。而所有的遇见，其精神内核都指向昭通古城牌坊上那“人杰地灵”四个字。

当那个夜色阑珊的晚上，我们穿行在昭通古城被灯光映得有些斑驳的街道上，与刻有“人杰地灵”精美的银灰色牌坊偶然相遇时，我整个人就如同被施了魔法般定在了那里，那四个金色的大字在灯光的辉映下发出璀璨的光芒，我的脑子突然变得通透清澈起来，连日来对昭通的所有见闻和思索似乎一下找到了源头：那雄伟壮观的豆沙关五尺道、彝族六祖分支文化广场、罗炳辉将军纪念馆、“云南王”龙云家祠、一代国学大师姜亮夫故居、用竹纤维制作一次性生态环保餐具的公司、世界最好的乌天麻产地小草坝怡人的美丽风光、“半城苹果满城香”的昭通苹果生产基地等震撼我心灵的故事，都是这四个字最好的注释，而所有注释的起源，都可以归入那条细若游丝却包罗万象的古道——五尺道。

在三千多年后的一天，随“望帝故里，昭通采风行”的四川作家，我来到这浸润着浓浓历史印痕的豆沙关五尺道。

公元前 7 世纪的春秋早期，昭通这片土地还是蛮荒之地，一个人、一个部族的出现，改变了这一切。杜宇—— 一个神一样的人物，“从天坠，止朱提”，让文明的种子在这块雾锁深山的弹丸之地破土而出，昭通这块山中的坝子有文字记载的历史从此开启。杜宇和他的部落在这块丰腴的红土地上休养生息，又怀着对走出大山，寻求更美好生活的希望，领着部落开始了在崇山峻岭、飞瀑河流中行走西迁，直至进入川南，在成都平原定居并成为一代蜀王的壮举。杜宇把先进的生产方式带到川西坝子，成都得天独厚的自然环境让杜宇施展着他的人生理想和抱负。从此，昭通和蜀地就有了千丝万缕的联系。如果说文明是人与自然结合的产物，那么杜宇西迁所走过的密林深壑中那宛如游丝般的路，便是川滇文明之路五尺道的前身，也成为历史上茶马古道、丝绸之路文明的节点。在整个春秋战国时代，它就像一条脐带隐隐若若地联系着中原和南滇。当公元前4世纪，蜀守李冰在蜀中治水患，修建举世闻名的都江堰水利工程后，又穿山越岭，修筑从僰道（今宜宾境内）通往滇东北的道路。公元前3世纪末，秦始皇“席卷天下，包举宇内”，统一天下后，为加强对西南的统治，又命常頞在李冰修筑的基础上往南延伸，至此五尺道基本定型。后发展成全长一千多公里的古官道，此后历朝历代，五尺道都是一条重要的通道，是闻名遐迩的南方丝绸之路。这条纵贯乌蒙高原、连接滇蜀如血脉似的通道，不仅连通了中原文化，还是连接荆楚文化、巴蜀文化和古滇文化对接和碰撞的使者，政治、军事、经济和文化通过这条道相互影响、滋养和传播，见证着千百年来朝代的兴衰更替，帝王们的铁蹄裹挟着中原的尘烟、西南的烽火从这里驰骋而过，朝廷的使臣从这里一批批来又一批批去，汉民族和西南各少数民族在这里交融，中国历史上的风云人物在这条道上际会，又从这里走出大山，走向更广阔的山外世界。小小的五尺道演绎和见证着历史的变迁和文明的延续与发展。如今那曾经一千多公里的官道多已荒废，只是在豆沙关的石门关前，仅存一段三百五十米长的路段，宛如一位饱经沧桑的历史老人，述说着它曾经灿烂的历史，也在悲伤地叹息它的繁华不在和逐渐衰败千疮百孔的凄凉。

当我踏着狭窄山道上凹凸不平的石子路，抚摸着五尺道旁陡峭山壁上坚硬的岩石，俯身看着道路上那深深的马蹄印，目送着那位身背沉重背篓，一步一步行走在陡峭道路上老妇的背影，心中升腾起一种悲壮的情感。我被蜀王杜宇、李冰、秦始皇等历朝历代的先贤和祖祖辈辈的先民们在这大山中不屈不挠开凿五尺道的壮举而震惊，为中华文化生生不息的交融与传承而震撼。此刻，耳边仿佛响起蜀王杜宇沿江而行，开路架桥的雄浑号子声；响起李冰“积薪烧岩”后用水浇注致岩石爆裂，再取石筑路那山崩石裂震耳欲聋的剧烈声响；听到那军旗猎猎、马蹄嘚嘚和战马穿破石壁响彻长空的声声嘶鸣；闻到那唐使袁滋入关，欣然在石壁上留下摩崖石刻，便有了“狼烟走，牧笛来”的盛世唐朝气息；看到那小小五尺道上人来车往肩挑背扛一派繁忙的景象，甚至过往人群客商那粗壮的喘息、额上流淌的汗水摔落在五尺道石头路上的轻微声响，身上散发的汗味似乎也在这山间小道上飘散。那秦汉明月，唐宋风烟，明清血火从历史深处如画卷般徐徐展开。这一刻，仿佛时光倒流，又仿佛时光静止，任由我的思绪飘忽游荡。

沿着坡道往上走，便站在了林荫掩映的一道古朴的石门前，这就是历史上著名的石门关。此刻，石门关敦厚的墙体似一个巨人屹立在崇山峻岭，又像一座古堡守望着峡谷山川。门头上刻着浑厚遒劲的“石门关”三个字，上有飞檐翘角的关楼，一下让人添了肃穆与敬畏。

这时，一块绛红色的牌子映入眼帘，那是有关石门关的简介，于是那些关于石门关悠远的历史顷刻间弥漫在这片宁静的天空中。

石门关始建于隋朝，是利用五尺道雄奇险峻的自然地势所建成的一座古堡，毁于 20 世纪 50 年代初，于 1982 年仿原状修复。关于石门关，《蛮书》曾有这样的记载：“石门东崖石壁，直上万仞；下临朱提江流，又下入地中数百尺，唯闻水声，人不可到，西崖亦是石壁，傍崖亦有阁路，横阔一步，斜亘三十余里。半壁架空，欹危虚险。”石门关口正雄跨“五尺道”上，在这里山岩被关河（又称朱提河）一劈为二，形成了一道天然的石门，锁住古代川滇险道。这里是通往古南滇的第一关，关内为中原地界，关外则为蛮夷之地。关门是近半米厚的木门，除有人值守外，楼上有重兵把守，有“一夫当关，万夫莫开”之势，是中原入滇要道上的雄关险隘，历来为兵家首争之地。如此险要的地理位置，若不亲临，是无论如何也难以想象的。

穿过门洞，天豁然开朗，天光云影展现眼前。远处如黛的青山似晕染的水墨画般浓淡相宜，近处连绵起伏的乌蒙山气势磅礴，清澈的关河蜿蜒而去，整个峡谷在水的滋润下显得悠远宁静。

是的，悠远宁静！因为近三千年的历史，此刻已隐藏在深邃的时空中，如果没有特别的发现，那悠长时光中发生的故事怎会令人感慨不已？

我极目望去，在延绵起伏的大山中，眼前赫然出现五道交汇的奇特风景：秦五尺道、关河水道、昆水公路、内昆铁路和水麻高速公路。古代的、近代的和现代的交通命脉在石门关跨越三千年漫长时空，在这里交汇聚合，它们各自互动，相互共振，成为人类交通发展的活化石，体现着人类征服自然、发展交通的智慧，也是李白“蜀道难，难于上青天”千古叹息转变为“天堑变通途”的当代交通奇迹。当这奇异的五道交通奇观，出现在毫无思想准备的我眼前时，那种“脚踩五尺道，一目三千年”荡人心魄的感觉便如潮水般袭来。

此时，山还是那山，天还是那天，水还是那水，但它们在我的眼里，已经具有了别样的意义。从杜宇部族脚下的荒野小径，到蜿蜒曲折的狭小五尺道，到今天的铁路、高速公路、航空线路，那宛如游丝的文化脐带愈来愈宽阔、愈来愈美丽，愈来愈自信。望着眼前峻拔雄伟的峡谷山川，我陷入一种无比亢奋的情绪之中。

我长久地注视着那历经沧桑依然坚硬如铁，被岁月磨洗得乌黑、光亮可鉴的石头路面，注视着那曾盘桓在崇山峻岭的五尺道，注视着这五道交汇的交通奇观，注视着昭通这块“人杰地灵”的神奇土地，向它们致以我最深情的注目礼。

2019 年 9 月 9 日完稿

2019 年 9 月 19 日修改定稿

2019 年 10 月 1 日《西南商报》副刊版刊出。

恩西尼塔斯的清晨和黄昏

——旅美随感之一

2016 年的 3 月，我去了一趟美国。

北京时间 17 日 9 点，我们乘坐的航班从成都起飞到南京，再从南京通关飞洛杉矶。飞机飞过茫茫无际的大海，在太平洋上空飞行约 14 个小时。想到我们的下面是无边无际的太平洋，心里就无法淡定了，可身子既然已交给了天空和海洋，那就让天空和海洋来主宰吧！83 岁的老母亲和 5 岁的小外孙女却精神好得出奇，让我的担心随云飘散。美国时间 17 日 11 点，飞机到达洛杉矶。当从万米高空降落，无垠的灰褐色大地映入眼帘，看得见地面的建筑物时，春天的气息迎面扑来，机场除跑道外，一簇簇一片片不知名的金黄色花儿在阳光下灿烂地盛开，如锦缎般铺满了整个机场，让人不仅领略着春天的美丽，更被那夺人的气势所震撼！下了飞机进入海关，检察官严谨认真的工作态度让我们也随之严肃起来，也许是我们的诚意与配合，竟然未对我们携带的行李开箱查验就通关。接我们的小孔早已在候机大厅等候。12 点，我们坐上车，便往居住地圣地亚哥的恩西尼塔斯驶去。接近下午 5 点时，汽车停在了我们预先在网上租好的房子前，房东早已在此迎候。房东是一位四十多岁的女性，身材适中，行动干练，待人彬彬有礼。室内生活设施一应俱全，还特地为我们备下水果、面包、咖啡和各种调味品及生活用纸，并嘱咐我们，花园里的蜜橘已经成熟，可以随意采摘品尝，希望我们在这里生活愉快！这个房东的行为着实让我开了眼界——细致、周到、大气，这让我对美国人顿生好感！

清晨，当阳光洒满我们居住的白色小屋时，窗外婉转的鸟鸣声打破了四周的静谧，一阵沁人的花香随着春风弥漫在小院的每个角落。这是一个十分漂亮的小院，也是美国中产阶级典型的居住房舍。房子只有两层，一楼是客厅、餐厅、厨房和车库，二楼是三间卧房和宽大的露台，露台上白色的遮阳伞下安放着墨绿色的玻璃桌和木制的椅子。小院的周围是一片花园，花园里种植的各种鲜花正在盛开，一株粗壮的三角梅爬满了木质的栅栏，猩红色的花朵缀满枝头，显得格外抢眼。热带植物大都长得高大健壮，造型独特。两株蜜橘树上结满了果实，却开满了洁白的花儿，橘红色的蜜橘和满树洁白的橘花交相辉映，让人赏心悦目也充满了好奇，因为我还从未见过一棵树上既挂满了果实又盛开着花儿的橘树。我在小院的小径上漫步，听春风和小鸟的合奏，看花草树木与蓝天相拥，心就沉醉在人与自然和谐共处的美妙感觉之中。

在小院的远处是大海，一望无际的美国太平洋西海岸旖旎的风光令人向往。置身于这片异国他乡的土地，居然没有陌生的感觉，这让我有点惊讶，唯一可解释的理由只有一个，那就是人类对大自然的热爱和拥有的激情是不分地域国界的。

妈妈起床了，女儿女婿也起床了，只有小外孙女媛媛还在酣睡之中。我们居然都没有倒时差的那种困倦。我很快为大家准备了早餐，在庭院的桌子边喝着咖啡，看远处的大海，在鸟语花香中开始了在美国生活的第一天。我有一种哪里都不想去，只想静静地坐着，什么也不做，什么也不想，泡一杯淡淡的竹叶青，涤净心的尘埃，让心也淡淡的，与大自然融为一体。这种感觉有点奇怪，却是我此刻最真实的心情。

有好几天的早晨，我静静地坐在庭院露台上白色的木栏边，沐浴着清晨温暖的阳光，看远处的大海。此刻大海已是一片苍茫，在海天相接的尽头，一条直线在朦胧中勾勒出地平线的模样。天空早已是纯净而透明的蓝。那种蓝有一种摄人魂魄的魔力，直叫人想剪一片下来做条裙子，穿着向大海走去，再化作大海的一滴水、一朵浪花与海鸥追逐，与朝阳、落日为伴。而眼前，重要的是眼前，那遍地的花，那姹紫嫣红的花、那一簇簇一团团一排排一行行连天接壤迎着春阳摇曳生姿的花，如精灵般在我的眼前翩翩起舞，还有树，那些棕树、椴树、松树、硕大的铁树，油亮碧绿枝繁叶茂地伸展着身躯，拥抱着蓝天。哦，还有音乐——各种鸟鸣声组成的音乐，悦耳的旋律在耳边流淌，这是大自然的杰作，也是大自然对人类的馈赠。突然就想起了著名诗人海子的一首诗《面朝大海，春暖花开》，诗人描写的那情那景那种心境全都出现在我眼前的景象中了，我理解了诗人在面向大海春暖花开的时候，为什么认为幸福就是平淡的生活，为什么会因为幸福而祝福每一个陌生人有个灿烂的前景有个可心的爱人，因为当我此时面向大海，面对这春暖花开的时候，我的心也纯净得只想祝福我的家人、朋友和天下善良的人都获得幸福。

有好几天的傍晚，我静静地坐在庭院露台上白色的木栏边，沐浴着晚霞的余晖，看远处的大海。此刻大海已不再苍茫，一轮落日让美国西海岸的太平洋变得明亮而妩媚。天空像被画家浓墨重彩地涂抹上艳丽的色彩，哦，不对！再杰出的画家也只能临摹和复制出大自然的景色，只有大自然本身才能创造和变幻出无穷的美景，当然也包括灾难及之后的恐怖景象。我就看着那片艳丽的天空，看着那轮红日把海面映照得金光四溢。突然就觉得那轮落日如盛装的美女在大海宽阔的舞台上婀娜多姿地腾挪起舞，海水被她火热的激情深深打动，万顷波涛伸开手臂将落日拥入怀中，天空和大海的色彩由明转暗，瞬间安静下来，夜便悄然拉开帷幕，四周寂静无声，只听得到海风吹拂棕树的声音，只看得到天上闪烁的星星。那棕树在夜空中摇曳成一幅剪影，那星星在夜幕上眨着眼睛，一闪一闪如宝石般发出迷人的光泽，夜晚的天空因星星的存在而变得纯净和美好。已是许久没见过夜空中这么多的繁星了。记得小时候故乡的夜晚，天空是缀满了星星的，那时的我望着星星不知许下过多少愿望，可当长大成人，疲于应对社会上复杂的人时，星星也随着城市的喧嚣和不断长高的楼房不知藏哪儿去了。有一日曾突发奇想到高原上去看星星，重温儿时纯洁的梦境，可真的到了高原却因惧怕寒冷而从屋顶仓皇逃离，才知道人是不可能回到从前、回到童年的。尽管是刻意，也终是不能够的。可这次来到太平洋的西海岸，满天的繁星每晚都来与我约会。可当惊喜过去，习惯了星星的陪伴后，一切就都成常态了。而常态就意味着漫不经心，意味着不知道珍惜了。我突然觉得这种心态是多么可怕，可它却实实在在地发生了！也许这就是人的劣根性吧：一旦拥有，便觉平常；一旦平常，便不稀罕；一旦不稀罕，便会视而不见，甚至予以破坏；而一旦破坏或者失去，又去怀念追忆。一种悲凉的感觉陡然从心底升起，让我不由得猛吸一口凉气，脑海中便浮现环保、生态等词汇，再被这些意念所牵引，突然就想呐喊——人啊，请敬畏自然，回归自然吧！

写于2016年7月

刊于《四川散文》2016年第4期、《堆谷风》2016年第3期、《格调》2018年第8期、“江山文学网”（晓荷·四季的故事）2018年4月16日。

千佛崖咏叹

一列火车呼啸着穿过深山里的隧道，在嘉陵江对岸急速地驶过。火车的鸣叫声打破了山的寂静，伴着嘉陵江奔腾的江水，在我心里激起层层波澜。

这是一个夏日的上午，我和参加“中国西部散文家论坛”的众多作家正行走在广元的千佛崖和明月峡险峻的栈道上。此刻灼热的阳光被云层遮挡，洁白的云朵在蓝色天空中肆意舒展，四周山坡上覆盖着层层的绿，空气中散发着山野特有的清香，凉爽的风迎面吹来，让人顿时忘却尘世的喧嚣与烦恼，而此刻的嘉陵江水却依然清澈，如一位身披绿衣的俊朗少年，正精神抖擞、意气风发地一路欢歌奔向远方。

脚下是一川江水，江边悬崖上是一条木板铺架的栈道，栈道边是一千多年前先民们在悬崖峭壁上开凿的金牛道，裸露的斑驳青色石板路在无声地述说着历史的沧桑与变迁，身旁是刀削般的高耸峭壁，峭壁上雕刻着一千多个窟龛和七千余尊佛像，与佛像遥遥相望的是江对岸的宝成铁路和耸立在江面上气势恢弘的高架桥。地处崇山峻岭中的广元千佛崖，犹如万花筒般在我的眼前旋转，历史文化的沧桑与绚烂、现代化建设的成就与壮观，让我在历史与现实的时空隧道中穿越，不断发出由衷的赞叹。

广元位于川、陕、甘三省交界处，地处秦巴山南麓，山川秀美，地势险要。控扼入川的主要道路是金牛道，曾被誉为“川北门户”“巴蜀咽喉”。历史上的金牛道，人来车往，商贾不绝，一派兴旺。因其特殊的地理位置，使广元成为南北佛教文化交汇的前沿。北魏时期最早的千佛崖摩崖造像，就是在这样的历史背景下开凿而成。经过历朝历代不断开凿修建，竟成为四川境内规模最为宏伟的石窟群。

面对始于北魏晚期，兴盛于唐代、五代和清代的千佛崖石刻摩崖造像，以及历代名人题刻和诗词题咏，我仿佛穿过历史的烟云，看到了那些在狭窄的栈道上感叹的文人墨客如何在这里留下历史的印迹，那些悄然屹立的佛龛佛像，在不动声色中见证着多少历史的沧桑。在惊叹于古代先民精湛的石刻艺术，历经一千六百多年后依然绽放出迷人艺术魅力，为历朝历代有识之士对艺术瑰宝的保护而钦佩不已的同时，那些或断了头、或缺了胳膊缺了腿的菩萨，竟让我生出些遗憾之情。

这时，一座新建的亭子突然吸引了我的目光，亭子中那块高耸的石碑让我停住了脚步。石碑上镌刻着一篇辞赋《重修千佛崖赋》，仰头看了赋的题目，正准备细看内容时，有同行的文友呼我“快走，别掉队哦！”我匆忙地收回目光，举起相机将碑文摄入镜头。走到一地势较为开阔的栈道时，遇见正在与人交谈的何开四先生。打过招呼后大家很随意地谈起有关千佛崖的观感。何开四先生告诉我们，这千佛崖在 2008 年的“5·12”汶川大地震时遭受重创，眼前的这个栈道是重建的，为此我还写了一篇《重修千佛崖赋》。先生此言一出，我心里立刻打了个激灵：“这太有缘了，刚才还遗憾呢，现在居然巧遇碑文的作者。”于是提议：“请何老师与我们一起去看看碑文吧！”众文友立刻响应，簇拥着何开四先生往亭子走去。

何开四先生是著名作家和文艺评论家，系四川省作家协会副主席、四川省文艺评论家协会主席、鲁迅文学奖和茅盾文学奖评委，头衔众多，却为人平和。最初知道先生写赋是在去四川省骨科医院看病时，进大门见耸立一大型石碑，上面刻着何开四先生的辞赋。赋文文采飞扬，内容气势磅礴，把骨科医院的前世今生渲染得淋漓尽致，极富艺术感染力。那时还不认识先生，心想肯定是个在文学界有名望的人。后来认识了才知道先生不仅是个名人，而且写赋好生了得，所写的一百多篇赋中已有五十多篇被刻成碑文，其中《中国农业赋》一直在北京中华世纪坛展出、《中华钱币赋》石碑已被中国历史博物馆收藏。能与先生在千佛崖共同欣赏他所写的赋，实在是一件幸事。一行人与先生侃侃而谈，说话间来到了亭子前。许是被我们的热情所感染，何开四先生指着碑文诵读起来："悠悠古蜀道，磊磊千佛崖，山势神骏，横空浮翠；绝壁临虚，灵岩挺秀。迎巴山之朝暾，送皇泽之晚照；揽嘉陵之秀色，接金牛之古路。千载沧桑，慈云法雨；百代风华，艺苑春秋……"四周一片岑寂，我们凝神倾听，先生浑厚的声音在嘉陵江和崇山峻岭间回荡。我为先生绮丽的文采和古往今来、极目纵横、气势非凡的文字而倾倒，更为广元人民为抢救千佛崖、明月峡而做出的努力而感动。面对浩瀚而去的嘉陵江，面对秀色盈盈的峡谷山峦，面对这块镌刻着何开四先生辞赋的石碑，我突然意识到，这石碑已与千佛崖融为一体，它将和千佛崖一起流芳千古，因为那上面记载的是保护文化遗产、福泽子孙、功德无量的善举和先生文采飞扬、气吞山河的文字！

写于 2015 年 7 月

刊于《四川散文》2015 年第 4 期，入选 2017 年吉林文史出版社《当代四川散文大观》第八集、中国文史出版社 2015 年《绵阳散文选》，"江山文学网"（晓荷 · 四季的故事）2018 年 4 月 3 日刊出。